U0094929

盲區

指紋 著　施一凡 改編

盲區

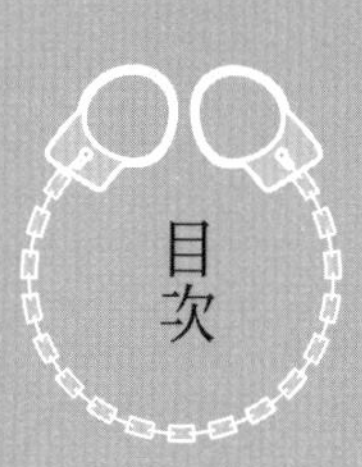

目次

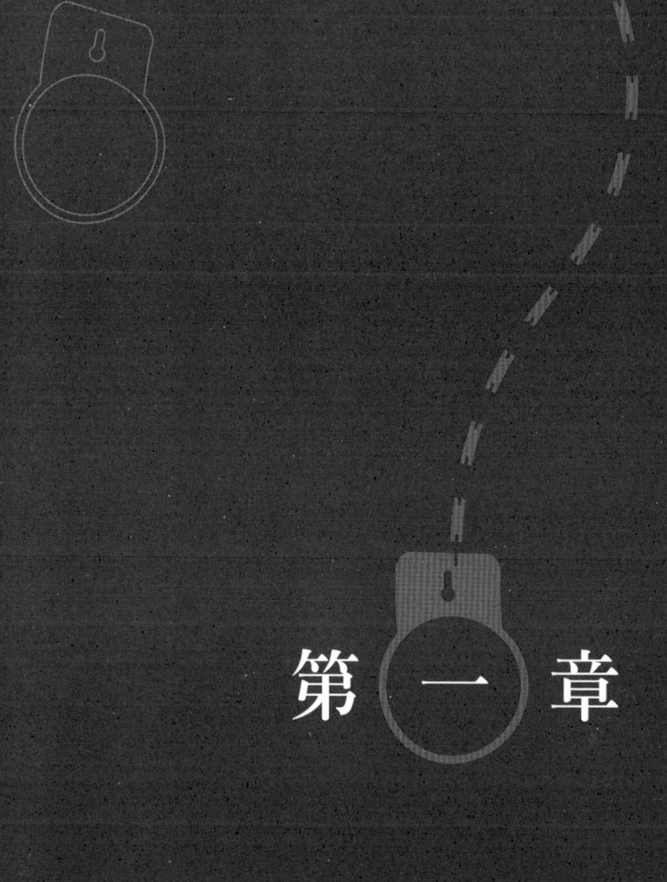

第一章

1

魯南是窄臉，眼角垂著，濃濃的眉毛有點耷拉，配上微微凸起的嘴巴，不笑的時候，有股十五六歲的少年要去鬥毆的狠勁，抬抬眼，還能將對方排兵布陣都盡收眼底的那種。但他門牙寬，加上長著一對招風耳，所以一笑起來，又是春風化雨的憨樣，像會允許學生自由活動大半節課的體育老師。

此刻，他處在這兩種狀態之外。計程車後座上，魯南穿著法官制服，眉骨的傷口在流血，他眼前一片黑。「喂？人呢？怎麼不說話了？」後座上的手機螢幕裂了，但通話沒斷，傅東宏的聲音粗獷，像被砂紙磨過。駕駛座中的司機趴在方向盤上，滿臉是血，已經陷入昏迷。

右後側的車門變形，打不開。左車門有兒童安全鎖，一樣打不開。魯南從後座爬到副駕駛席，總算是從車裡出來了。他繞到駕駛座一側，拉開車門，解安全帶，探司機的脈搏。他把司機從車裡拖到路旁，拍拍司機的臉，司機呻吟著醒了。魯南這時才看清事故的全貌。一輛計程車、兩輛轎車、一輛越野車——四輛車橫七豎八地停著，滿地狼藉。

簡單審視和評估了周圍及自己的狀況後，魯南覺得還好——跟上次遭遇的慘重事故相比。那是十幾年前在雲南了，天沒這麼亮，路沒這麼平，通訊聯繫也沒這麼方便，他最後還不得不扣動扳機。

今天他只是剛從高鐵下來，跟主管討論著按照導航該走哪個出口，然後「轟隆」——這就是個倒楣的巧合。隨著年紀增長，會遇到越來越多動靜很大的事情，並不存在什麼因果，只是巧合。而老到一定年齡之後，左腳絆右腳一下的巧合，也會動靜很大的。

所以說還好，這次應該不需要殺人，魯南寬慰自己，這就還好。

離魯南最近的是輛轎車，他把車裡的女司機攙扶出來，又去拉另一輛轎車的門。這輛車的男司機受的傷要嚴重得多，渾身是血，一條腿以敬禮的姿態立著，被別得朝外彎曲。他沒繫安全帶。

魯南把他從車裡拉出來，又跑回計程車旁，伸手穿過破碎的後車窗，從後座上拿了手機，傅東宏還在時不時「喂」上一聲。魯南掛斷自己上司的電話，撥打交通事故報警電話，聽到語音提示後，按下「二」。

「南津環城公路東向西方向，濱海出口附近，四車事故，有很多人受傷，麻煩幫忙叫一下救護車……還有消防車。」眉骨處傷口的血流進眼睛，魯南費力地眨著眼，語氣像在麥當勞點餐。

他和救護隊說話的時候，男司機醒了。

他用一隻手撐著地，微微直起身來，眨著眼睛，像是有些困惑，看著自己被皮帶勒成兩截的肚子和受傷的腿。他仰起頭，神色迷離，問魯南：「早餐要吃什麼呢？」

說完，他腦袋一垂，昏厥了。

救越野車上的一家三口時，安全座椅上的小孩哭個不停。車門附近在冒著煙，魯南從駕駛座位下面找出滅火器，噴了乾粉。手機響了，庭長傅東宏在咆哮：「你小子怎麼突然不說話了？還把我電話給掛了！」

魯南掏出紙巾按在眉骨上的傷口處，環視周遭：「不好意思長官，收訊不太好。」

傅東宏似乎沒聽出異樣：「你快一點，吳隊他們還在這裡等著呢。」

掛上電話，警車和救護車已經到了，魯南走到計程車後面，踹開後車廂，拿了提包，往公路的出口走去。路上他接到交警的電話，答應晚一點過去做筆錄。

在魯南坐上另一輛計程車，繼續奔赴南津刑事偵查總隊的時候，傅東宏在刑偵總隊的會議室裡，面對兩個抱著上臂、互相瞪視的女人。

「他在路上，很快就到。」傅東宏這話更像是說給自己聽的。他盼著魯南趕緊來，打破這個尷尬的微妙局面。

「這麼大的事情，我拜託你，你就丟給個小審判員？」戰火燒了過來。

說話的叫吳涵，南津刑偵總隊副隊長，短頭髮，聲音嘶啞。隊裡很多人私下叫她海象，這個外號並不來自她高大的身材，而是由於她出外勤的時候，在抓捕過程中用犬齒咬過想翻牆逃跑的犯罪嫌疑人的腳踝。

此刻，她正挑著眉毛望向傅東宏。

傅東宏篤定地解釋道：「魯南不是一般的審判員，等你見到他你就明白了。」

吳涵沒打算停火：「死刑覆核又沒有審查期限，覆核多久都是你們說了算，為什麼非得今天叫他過來處理？」

傅東宏還沒回答，靠在桌邊站著的長髮女人慢條斯理地開了口，帶著點南方口音：「我倒是覺得應該趁熱打鐵，時間拖得越久，證據滅失的可能性越大。」傅東宏懷疑，如果現在吳涵說硬幣是圓的，這個女人也會用同樣的語氣告訴吳涵：「不對，在印度和東加勒比地區，有些硬幣是方的。」

這是江州市刑偵總隊的政治委員喬紹言。她的肩膀只有吳涵一半寬，如果按對女性的刻板印象來看，比起刑警，她更像護士或者幼兒園老師。

傅東宏繼續打圓場：「該滅失的證據倒是早滅失了，畢竟案子過去九年了。可是，在沒有特殊原因的情況下，總拖著一起覆核案件不給出結果……」

傅東宏朝會議室的窗戶一指，樓下，馬路對面，家屬們把橫幅掛在兩棵樹的中間，正蹲在地上吃速食。「嚴懲凶手，執行死刑」八個大字，隔著老遠也很刺眼。

「九年前的案子，匯集三個地區的司法人員，還不特殊？」吳涵說著，望向喬紹言，「江州總隊的政治委員都特意跑來南津了。」

喬紹言笑了：「我這不是公務派遣，只是出於個人對這起案件的關注——」

話沒說完，吳涵不客氣地打斷她：「我也是出於對兄弟單位和我們這個行業的尊重，才沒把你請出會議室。」

一時間，三個人都沒再說話。兩個女人繼續瞪著對方，傅東宏朝天花板上的頂燈直翻白眼。

南津刑偵總隊的門口很熱鬧，遠遠就能看見七八個人扭打在一起，白底黑字的橫布條被扔在地上，還多了幾個腳印。這群人就是傅東宏在樓上看見的被害人家屬，最旁邊是穿滌綸[1]襯衫和布鞋的老頭兒老太太，往裡是三四個憤怒的中年男女。一個短髮女人臉漲得通紅，哭個不停，旁邊的中年男人太陽穴的青筋突突地跳。被圍在最中間的男人三十多歲，個頭不高，眼鏡斜掛在鼻梁上面，正被那幾個人推來擠去，不管是長相還是處境，都透著一股可憐兮兮的模樣。

「替那種人說話，你還是人嗎？為了賺錢連良心都不要了……」

很顯然，中間那個是被告律師。他的衣領被扯破了，一隻腳只穿著襪子，鞋被那個老太太踩在腳下。

在做法官的十年間，這樣的事情魯南每個月都能在法院門口碰上個一兩次。跟每回一樣，他上前一步，隔在了被告人律師和被害人家屬中間：「有話好好說，別動手。」

不知道是法院徽章和制服的功效，還是制服上的血跡跟眉骨的傷口，那幾個人看到魯南，都愣了，中年男人揮舞在空中的手也放了下來。

總隊門口站崗的憲兵走過來：「你們拉布條沒關係，不要干擾到其他人！」那幾個人看看憲兵，又看看魯南，總算去撿了布條，坐回馬路邊上。

「您是來會見的律師？」憲兵扶住律師的手臂。

「是的是的。」

「受傷了嗎？」

「沒有沒有。」回答憲兵問話的律師，就像個被老師詢問情況的高中生，每次都是連忙回應，態度還格外殷切。魯南說不清楚，但總感覺這人跟什麼小動物似的。

「那您走吧。如果還是擔心，我們一會兒可以叫同仁送你上車。」

「謝謝，謝謝，不用。」那律師說著就往停車場的方向走，但沒走出去太遠，又回頭站定，聽魯南和憲兵說話。

憲兵先是盯著魯南的法官裝束，又打量他身上的血跡，有些猶疑：「您是……」

魯南掏出證件給他看：「最高法院刑事五庭，你們吳隊長和我們庭長叫我過來的。」

憲兵點頭：「您隨我來。」

1 編註：聚酯纖維（Polyester）紡織面料，七、八〇年代在中國被廣泛使用。

會議室門口，傅東宏一見到魯南眼睛就亮了。魯南頓感不妙，他來南津，本來是想找傅東宏彙報另一樁死刑覆核案的進展而已，是當天往返的普通公務出差。但如今，看到傅東宏的表情，好像還有別的事情在等他。

「南津刑偵總隊的吳隊長。江州刑偵總隊的喬政治委員。」傅東宏給魯南介紹的時候，一直看著他襯衫上的血跡微微皺眉，透著一點關心，就好像不存在什麼別的情況。

魯南解釋說那是中午吃麻辣燙不小心濺上的紅油，語氣誠懇，也好像完全沒注意到桌上放著一本厚厚的案卷。

吳涵斜眼瞟著魯南，結束了寒暄：「那你這左眉骨上的傷口，肯定是被麻辣燙的竹籤刺破的吧。」

魯南笑了：「計程車的防護欄太硬。」

「我是不是在哪裡見過你？」吳涵盯著他。

魯南想了想：「我沒印象了。」

這是實話，不是客套。吳涵身高一百七十多，聲如洪鐘，握手力道十足，如果見過，魯南不會沒有印象。

但吳涵一直盯著他看，魯南猜測，她十有八九是把自己和什麼人弄混了——大型掠食動物很少需要跟獵物打兩次照面，也就不需要太好的記憶力。

傅東宏把桌上的案卷推過去，魯南不祥的預感成真了。

他翻開案卷，看了沒兩頁，脫口而出：「九年前的案子？」

「雖然過去了九年，而且牽扯到江州和南津兩個地方，但也說不上有多複雜。你看看卷吧，不懂的地方，這兩位同仁都能向你解釋。」

不複雜的話，自己為什麼會在這裡呢。這個問題，魯南已經懶得問了。

會議室的門開了，一名刑警走進來，快步跑到吳涵身旁耳語了幾句。吳涵看著另外三個人，深呼吸了幾下，還朝他們點了點頭，甚至擠出一絲微笑。隨後，她就飛速站起身，和那名刑警急匆匆往外走去。魯南看到她出門的時候，差一點撞翻了椅子。

2

九年前，江州市邗江區接到一起失蹤報案。失蹤人叫劉鳳君，沒有案底，社會關係簡單，家庭穩定，有個兩歲的女兒。五月九日下午離開工作單位之後，劉鳳君就失聯了。報案人是他的妻子。

根據她提供的資訊，劉鳳君失蹤當天，攜帶了人民幣十萬元現金，打算下班去吾悅廣場換匯的集散地，私下換成美元。

據吾悅廣場的報亭老闆說，在當天下午五點多，的確見到劉鳳君隨一男一女離開廣場。

案卷裡，劉鳳君的照片是張景點遊客照，微胖的男人笑瞇瞇的，抱著個小小的嬰兒，身後是蒼翠的群山和石階。再往後翻，就是吾悅廣場的照片。四層樓的商業區，門口有些小攤販，停車場的出入口旁邊，是那個不大的報刊亭。

隨時間流逝，陸續被發現的遺骸證實了劉鳳君已遇害。案發後一週，邗江西區排水道清污時浮現出第一部分屍塊。接下來的一個月時間內，警方又在三個地方發現了屍塊，分別是邗江的一處公園、一處早餐鋪的垃圾桶，以及江都高速公路旁的垃圾處理站。

警方用家屬提供的ＤＮＡ參照比對，確認劉鳳君已經遇害，並遭到肢解。初步推斷，這應當是一起財產動機的故意殺人案，嫌疑人——報亭老闆看到的那一男一女，可能是以換匯的名義，將劉鳳君帶離吾悅廣場並實施了謀殺。

案卷照片裡，四五名刑警和法醫蹲在一座石橋下的排水管道旁，之後幾頁也是不同現場發現屍塊的照片。看到這些照片，魯南往後靠了靠。謀財，殺人分屍，這種案子最高法院每年都能碰到幾起，跟傅東宏說的一樣，沒什麼複雜的。

「為什麼拿了錢還把人給殺了？」魯南記得剛做法官的時候，問過類似的問題。

「他給錢不痛快，也怕他出去找員警。」嫌疑人解釋得還挺有耐心，語氣裡流露出語重心長的感嘆。

那分屍的原因不用問，無非也是怕被發現，或搬起來麻煩，和不吃飯會餓一樣，順理成章。

魯南從案卷裡抽出一張物證照片，是一把沾滿血跡的獵刀，刀柄處沒有護手。殺人和分屍，用的都是它。

在確認劉鳳君遇害前，先被發現的是這把凶器。五月十一日，也就是劉鳳君的妻子報案兩天以後，兩夥年輕人在邗江金輝夜總會裡一言不合就從包廂打到室外。其中一名男青年打紅了眼，從路旁的垃圾桶裡撿了把刀，捅了對方其中一人。治安和巡邏警察把兩邊人都抓了，而他撿到的刀，就是用來殺劉鳳君的這把。刀上提取到五個人的DNA，除了挨了一刀的那個，捅人的也劃傷了自己的手。除這兩個人之外，就是劉鳳君的DNA，還有兩名兇手的DNA。

「沒有護手的刀，就是容易傷到自己。」魯南想。又是巧合。如果不是這起鬥毆，這把兇器說不定都不會被發現。

可是，在這之後，巧合就沒那麼好用了。那兩名兇手都沒有前科，所以也沒有DNA存檔。吾悅廣場人員構成複雜，流動性大，這案子一沉就是九年。

直到今年年初，南津市經濟犯罪偵查局因為本地進出口貿易公司涉嫌行賄，對董事長田洋採取了強制措施。羈押後，按常規流程將田洋的指紋和DNA訊息採樣入庫，這才發現，他就是九年前在江州殺害劉鳳君並肢解拋屍的兇手之一。

案卷照片裡，田洋是個微胖的中年男人，留著寸頭，眼角下垂，穿著紅色背心，面無表情。有DNA證據，他也就無從抵賴，很快被判了死刑。然而跟他一起作案的那個女人，到現在都未歸案。據田洋交代，那個女人叫李夢琪，是他當時的女友，然而在分手後，他們已經七八年沒有聯繫了。

八年前，李夢琪和田洋分手，結婚成家，一年之後，她就失蹤了。田洋堅持說，他們帶著劉鳳君回住處，本來只想劫財，是李夢琪臨時起意，持刀殺人，而他只是協助李夢琪分屍和拋屍。

當然，這個說法根本站不住腳。有刀上的DNA為證，他倆不用分什麼主犯從犯，田洋的故意殺人是板上釘釘。可李夢琪畢竟失蹤了，孤證總會讓辦案人員心裡懸著一點什麼。

魯南把案卷翻到李夢琪那一頁的時候，吳涵回來了。她看了眼案卷，從後面一拍魯南的肩膀：「要說田洋一個大男人沒有動手，只協助了分屍拋屍，那我是一點都不信。但是，如果有李夢琪的口供來印證，自然更萬無一失。」

魯南笑笑，很多狗急跳牆的落網凶手都會供出一個「李夢琪」。在他們的故事裡，自己要麼是從犯，要麼是被脅迫的，或者乾脆就是在邊上站著看的。這些活不見人、死不見屍的「李夢琪」們才是罪大惡極的主犯。

可是，第一，吾悅廣場的目擊證人證實，劉鳳君的確是隨一男一女離開的。

第二，案卷裡提到，審訊田洋的時候，他準確地說出了李夢琪的各種身分資訊。

第三，李夢琪雖然失蹤了，但江州刑偵總隊前後進行過三次照片指認，田洋每次都準確無誤地從幾十張照片中明確指出李夢琪。

第四，李夢琪結婚前，曾混跡於多處娛樂場所。江州警察也是夠拚的，居然找到了兩名那一時期和她相識的歌廳小姐。雖然時隔太久，她們無法明確地指認田洋，卻透露出李夢琪當時租住的地方就是田洋殺人分屍的那個筒子樓[2]。所以，李夢琪的確存在，也的確參與了謀殺，是同案案犯。

傅東宏朝魯南攤手：「我都告訴你了，不太複雜。」

對，不複雜，為了一個凶手的死刑覆核，去尋找另一名失蹤八年的凶手而已。

2 編註：筒子樓為七、八〇年代中國城市常見的兵營式民用建築。

3

刑偵總隊樓下，魯南一邊往外走，一邊問傅東宏：「您和這個吳隊，怎麼認識的？」

「我們是從小一起長大的玩伴，小時候在審計局大院筒子樓裡是鄰居，她的第一任老公是我大學同學，現在的老公是我法官進修學院的同期。」

魯南點頭：「哦，您都是牽線搭橋的。」

傅東宏不耐煩地擺擺手：「別瞎打聽。總之，這案子在張弢手裡覆核了好幾個月，該提訊的提訊了，該查核的也查核了，走訪基本完成了。吳涵特意把我叫來南津，就是一再提醒我，要慎重慎重再慎重，別急著讓這個田洋去死。」

魯南問：「那……犯罪現場還在嗎？」

「早就推平蓋辦公樓了。」

「這不是張弢的案子嗎……對呀，案卷在我手上，張弢呢？」

傅東宏走出院門口，伸手攔下一輛計程車：「張弢和焦志都去江州調查查核李夢琪的相關情況了。南津這邊就交給你。」

說著，傅東宏湊近魯南：「你在津港那案子要組合議庭，算上方媛，你還得從他們兩人當中拉一個人吧。」

傅東宏往計程車裡坐。魯南一時間也找不出理由推托。

「可長官，我只有幾個小時的時間……」魯南幾乎要掏出晚上九點多的高鐵票給傅東宏看。

傅東宏在車裡一拍大腿：「那你更得抓緊啊！我也想早一點回北京呢！」

他關上車門，又搖下車窗對魯南說：「你這是遇上車禍了吧？受傷了嗎？我是說除了你臉上。」

「我沒事。」

「那就去換件衣服。」

傅東宏乘計程車走了，留下魯南在原地發愣，以至於他完全沒注意到那個律師是什麼時候出現的。之後想來，他應該是一直在旁邊守著，等傅東宏一走，就湊到魯南身邊打招呼：「您好。」

魯南抬頭：「哦，你是剛才那位……」

律師又上前兩步：「剛才幫我解圍，還沒來得及謝謝您。我姓冉，冉森，是田洋的律師。」

冉森眨巴著眼睛看魯南，魯南終於想起來了，是綿羊。

剛才看他被人圍攻，魯南就有種隱隱的感覺，如今他想清楚了。這種軟塌塌的氣質，說話的時候總有點不安的樣子，都像沒有攻擊性的綿羊。由這樣的律師辯護，怎麼看田洋都沒有脫罪的機會。

魯南擺手：「不客氣，幸會。」

魯南轉身返回刑偵總隊，冉森追上去，依然是學生式的無辜與殷切：「我知道您是最高院的，是不是跟我當事人的死刑覆核有關？我不是想替當事人喊冤，但劉鳳君確實不是他親手殺的……」

魯南邊走邊擺手：「這案子不是我承辦，而且你是律師，應該知道規矩。」

冉森還是跟在後面：「我知道這案子是由張法官承辦的，那我向您反映情況，也不違反法律規定啊。而且在這起案件的調查上，我認為本市的警察人為架設了很多障礙……」

魯南懶得聽他說了，再像綿羊的律師，也是律師。

幾乎每個刑事辯護律師都會覺得自己的案子有警方人為架設障礙，而他的當事人最無辜最清白：「那你去找督察或者紀律檢查委員會。」

「李夢琪一天沒有歸案，就不能確認是田洋實施的謀殺。如果是執行死刑之後再抓住李夢琪，就只能聽她的一面之詞了，這對田洋很不公平。」

「這話你剛才怎麼不對被害人家屬說？」魯南幾乎要笑了。不公平？除非李夢琪忽然從天而降，告訴警方自己從頭到尾都拿刀逼著田洋，否則根本談不上什麼不公平。想到這個，魯南走得更快了一些。

眼看已經走進刑偵總隊的大門，門口的憲兵上前攔下跟隨的冉森。

冉森急了，忽然喊道：「吳涵知道李夢琪的下落！」

魯南停下腳步，抬起頭，發現院內辦公樓的會議室窗後，吳涵正面無表情地望著他們。

聊著案情，忽然進來彙報的刑警，吳涵變化的臉色……

魯南低頭想了想，回身走向冉森。

4

魯南坐在公車站的椅子上，冉森走過來，把一瓶礦泉水遞給魯南。魯南愣了一下。冉森笑道：「沒多少，算不上行賄受賄。」

魯南也笑笑，接過礦泉水。

緊接著，冉森又遞給他一包ＯＫ繃：「加上這個也不夠。」

確實不夠。魯南道謝，接過ＯＫ繃，一邊抽出一張貼在左側眉骨的傷口上，一邊問道：「你說吳隊知道李夢琪的下落，是什麼意思？」

「我有個猜測，田洋和李夢琪其實一直沒有分開。李夢琪攀上小權貴之後，還是追隨田洋來了南津。」

「田洋在南津也結婚成家了，如果李夢琪都追著他跑來南津了，為什麼這兩人沒在一起？」

「因為李夢琪在南津見不得光。」

「什麼意思？」

「案卷您大概也看過了，當初在江州，他們住在簡易樓的出租房屋，殺了人，還搶走十萬塊錢。如果田洋分走一半——好吧，就算這十萬都在他手上——來了南津之後，成立斯塔瑞進出口貿易公司，短短幾年成為南津排名前十的納稅大戶。這種程度的搖身一變，您覺得……能單靠進出口生鮮嗎？」此時的冉森語氣篤定，不再是之前畏縮的樣子。

「話別說一半，也別賣關子，你到底知道些什麼？」

「從公司成立第二年，我就應聘成為那裡的法務。老實說，斯塔瑞的發展速度讓我很震驚。財務紀錄我不方便看，但我一直懷疑，除了正常的進出口貿易外，公司在暗地裡協助境外走私。」

魯南想了想：「那好，就算田洋這個公司的確給走私集團洗錢，這和李夢琪有什麼關係？」

冉森抬起頭：「南津最大的走私集團基本控制了東疆和北塢，這是南津最大的兩個港口。據說，這個集團的頭頭是個女的。那個李夢琪，不是結婚一年就失蹤了嗎？這和田洋來南津成立公司的時間，基本上是一致的。」

「這就是你懷疑的理由？李夢琪是女的沒錯，但總不能是個女的就是李夢琪吧。」魯南笑著說。

「走私也好，洗錢也罷，總不可能比故意殺人更嚴重。田洋寧死也要保護的女人，您覺得最有可能是誰？他寧可接受死刑的判決結果……您可曾在案卷筆錄中，見過他提起這個走私集團一個字？」

冉森的語速越來越快，魯南上次聽到人這樣說話，還是國中時代聽兩個學霸爭論一道有八個角、算面積的幾何奧數題，兩人爭得臉紅脖子粗，都在自己設定的情境裡完全走不出來，而如今的冉森也是一樣。不過，魯南不會告訴他的是，這番邏輯，似有道理。

魯南岔開話題：「等等，你剛才把我從門裡拽出來的那句話，好像是說吳隊知道李夢琪的下落。可聽你現在告訴我的，這兩個人談不上有什麼直接關聯吧？」

「我好幾次把這一點反映給南津刑偵總隊，甚至當面和吳隊長強調過，但是總隊完全不理會，而吳隊給我的回覆是——與本案無關。」

魯南低著頭，替冉森把話說得更明白一些：「你是覺得，吳隊之所以對這條線索選擇性失明，是擔心李夢琪落網，所以……你這是在向我暗示，南津刑偵總隊的副隊長，就是本地最大走私集團的保護傘。」

明明這就是他想告訴魯南的，可話說到眼前，冉森反倒像被嚇了一跳。他半張著嘴巴，糾結了好一陣，鼓起勇氣往下說：「吳隊到底是什麼人，我不好斷言，但您想想，李夢琪落網，如果只是因為走私，不涉槍、不涉毒，總不會是死罪吧？可如果牽扯進劉鳳君這個案子，有死刑罪名纏身，那我想，她應該不會顧忌再把誰招出來。」

魯南想著吳涵的樣子，撣了撣褲子，站起身：「你的這些邏輯不能說狗屁不通，但還是太牽強了，沒有證據，全靠猜測。這事我可以打聽一下，你別抱太大希望。而且我都告訴你了，我不是這案子的承辦人。」

冉森掏出名片，遞給魯南：「我本來也沒抱太大希望。不管您是不是這個案件的承辦人，我知道，至少，您不是本地人。」

魯南把名片揣在身上，看著冉森。這話又是什麼意思？說得好像整個城市都是走私的保護傘，只能靠外地人來打破局面一般。

冉森見魯南要走，也站了起來：「我還沒問怎麼稱呼您呢……」

「我姓魯，魯班的魯。」說著，魯南用手裡的礦泉水瓶指了指貼在眉骨上的ＯＫ繃，「謝謝你。」

魯南穿過馬路，走進刑偵總隊的大院。如果沒記錯，吳涵的辦公室就在會議室隔壁。

他不完全相信冉森的推斷，可吳涵為什麼不願調查走私案的線索？

簡直就像是知道他的所想，院門邊，一個女人的聲音響了起來：「你去找她對峙，也不會有什麼結果。」

魯南扭頭，見喬紹言正站在院門邊。看來，剛才他和冉森的對話，還有第三個人聽到。

魯南停了下來，沒說話。

喬紹言上前兩步：「你不覺得這事很奇怪嗎？」

魯南想了想：「喬隊，和我正在覆核的案子相比，這案子就算還好。」

喬紹言卻不讓他繞開話題：「不，我是說，剛才會議室的那個局面。」

「也沒什麼吧。吳隊找到我們上級，希望能暫緩死刑覆核，以便落定田洋同案的死活。上級指派我協助調查——」

喬紹言打斷他：「我說的就是，有必要非走到這一步嗎？」

魯南一愣。就像綿羊一樣的冉森，喬紹言也有另一面。

「田洋這個案子，在很多環節上都有操作餘地。警方這邊可以延長偵查時限，檢察機關可以退案要求補充偵查，南津高院在判決上也可以斟酌，判個死刑緩期執行，再限制減刑，田洋這輩子大概都出不來。我是說，整個案件一路速審速判，到最後把壓力轉嫁給你們做死刑覆核的，不奇怪嗎？好像就是走個覆核流程，但其實……根本不想找出那個李夢琪。」

「可找到我們的就是吳隊本人，是她希望我們在覆核上慎重，想有時間揪出那個下落不明的李夢琪。再說了，這案子是南津總隊和江州總隊協力偵辦的。怎麼，您是覺得南津警方這邊案子辦得有問題？」

喬紹言搖頭：「我不是這個意思。」

很顯然，她就是這個意思。但魯南不想捲進這種糾紛：「李夢琪不是江州人嗎？恕我直言，您作為江州刑偵總隊的政治委員，有時間與其來這裡督戰，不如在江州加大尋訪力度更有效吧。」

這話似乎戳到了喬紹言的痛點，她垂著頭，不再說話。

魯南正要走，喬紹言叫住他：「南津的走私集團首腦叫陳曼，也許是個假名。」

魯南笑了：「您也聽了田洋律師的那套說辭？」

喬紹言搖頭：「某種層面上，他知道的資訊沒我多。」

「所以您是自行推測，卻得出了和那個律師類似的結論……怎麼，警政聯網訊息的查詢有什麼更詳細的內容嗎？」

「沒有，查不到這個人的身分資訊。我們只知道她是個三十歲出頭的女性，身高一百六十七公分左右，體形偏瘦。」

魯南點頭：「倒是和李夢琪的外形很接近。當然，按這個標準，在南津和李夢琪接近的女性至少得有個十萬八萬。」

「據見過她本人的知情者透露，這個陳曼的臉上有明顯的整容痕跡，而且不止一處。」

聽喬紹言這個說法加上語氣，她簡直就是篤定陳曼就是李夢琪。

「你是警察，這些資訊對你可能有用，對我意義不大。」魯南說。

「我是個在南津不便執法的警察。」

魯南哭笑不得：「我是個在哪裡都沒有執法權的審判員。」

「但吳隊可是拜託了你們庭長。」

兩人都想證明對方是那個該去找陳曼的人。就在這時，吳涵急匆匆地從辦公樓裡出來，上了一輛警車，出了總隊大院。

魯南望著吳涵的車。

喬紹言望著魯南：「卷裡有我的電話。」

說完，喬紹言走出了刑偵總隊。

魯南站在原地，想了想，也走出了總隊的院門。剛一出門，他就看到冉森站在一輛豐田轎車旁，正從後車廂裡拿東西。

魯南走過去，不等冉森開口，就問道：「東疆和北塢你都熟嗎？」

既然懷疑陳曼就是李夢琪，吳涵又沒讓刑警去跟進，魯南打算自己來。

5

冉森開著車，問坐在副駕駛座的魯南：「是去東疆還是北塢？」

魯南抬手示意稍等，撥通電話：「如果你想搞走私，會怎麼著手？」

電話那頭是喬紹廷。他愣了好一會兒：「呃……我不想。」

「我是說如果。」

「走私什麼東西？」

「贓物，保護動物，醫療產品，人體器官，步槍導彈，豆包或者鮮魚罐頭……我不知道，什麼都可以。」

「那我要採取什麼運輸方式走私？」

「海運。」

「那我得先找個合適的碼頭。」

「怎麼講？」

「雜貨碼頭不方便走大件，專用碼頭監管非常嚴，我好歹得找個通用碼頭，譬如像西平港那樣的。」

魯南捂住話筒，扭頭問冉森：「斯塔瑞的業務主要在哪個碼頭？」

「兩個碼頭都有。」

「這兩個碼頭是什麼類型的？」

「東疆是通用碼頭，北塢是內貿專用碼頭。」

「去東疆港。」

冉森點頭。

魯南繼續對著手機說：「然後呢？」

「然後？想辦法逃避海關監察啊。」

「怎麼逃避？」

電話那邊，喬紹廷有些哭笑不得：「拜託，我真沒幹過這個，你問我算問錯人了……

魯法官，你說的這些，是和朱宏的下落有關嗎？」

那才是喬紹廷和魯南共同關心的案子。魯南低頭翻著手裡的卷宗，而眼下這個不是：

「我現在不在津港，這事跟你們那個案子無關。」

喬紹廷笑了：「好吧。不是我不想幫你，但我真沒混過你說的這個江湖。」

「多謝。」

正要掛電話的時候，魯南突然翻到案卷中情況說明的一頁，上面寫著喬紹言的電話。

魯南愣了一下：「等等，喬律，我記得你是叫喬紹廷沒錯吧？」

「沒錯，怎麼了？」

「你在家裡排行第幾？」

喬紹廷那邊沉默了片刻，警覺地反問道：「問這個幹嘛？」

魯南沒再追問：「沒什麼，多嘴了。再聯繫。」

他把電話掛斷。餘光瞥到冉森臉上抑制不住的喜悅和期待——很明顯，通過魯南打電話的內容，他已經知道要通過走私這條線找李夢琪了。

「魯法官，太好了，之前我是叫天天不應，叫地地不靈，整個南津就沒人去找那個……」冉森話還沒說完，魯南就讓他靠邊停車，去優衣庫買了件換穿的便裝。至於「我們去東疆港要幹什麼？」、「下一步您儘管吩咐」這些碎碎念，魯南一律都不回應。

回到車上，魯南的第二個電話，打給津港市向陽刑偵支隊的蕭闖。

「你接觸過走私案沒有？懂不懂走私？」和上通電話一樣，魯南開門見山。

「啊？你不是剛跟我說沒有下海的打算嗎？」蕭闖的語氣痛心疾首，似乎還憋了股壞笑。

魯南耐著性子解釋：「我現在在南津這邊，有個要務。我就問你，如果有走私集團藉一座通用碼頭走貨，我怎麼才能找上這夥人？」

蕭闖樂了：「這事好辦。你去找這個碼頭最大的物流商，告訴他：『兄弟，我有批上億的貨要進口，又不想交稅，麻煩你指點一下這豬頭該往哪個廟裡送。』」

魯南把優衣庫的購物袋扔在車座上，邊脫下身上的法官制服和沾了血的襯衫塞進袋裡，換上新買的衣服，同時看了眼錶：「我現在只有四個多小時了，沒心思跟你開玩笑，說正經的。」

「查走私？這事不歸你管啊。」

「『歸不歸我管』這事，也不歸你管。」

「瞧你，哪來這麼大火氣。這麼說吧，既然是集團走私，該打通的關節他們都打通了，該偽裝的地方你也絕對看不出破綻來，別指望找對了碼頭就能發現線索。」

「那物流部分呢？」

「物流公司就管搬東西，並不負責貨物檢驗。拜託，就算是殺人犯，也是通過合法平臺叫外送的。」魯南換好衣服上了車，示意冉森繼續開車：「那如果是你，你會怎麼辦？」

那邊，蕭闖總算問了個在狀況內的問題：「你說的這個走私集團，規模大嗎？」

「規模不小。」

「那我會從倉儲下手。」

停頓片刻，蕭闖繼續說道：「成規模的集團走私，仨瓜倆棗的生意是不做的，可大宗貨物必須有地方暫存。港口或者靠近港口的倉庫，都不會是好選擇，遭遇臨檢的風險太大。直接送到下家門口又不現實，所以港口和內陸之間的中轉倉庫就是首選。」

蕭闖說到一半，魯南就按了擴音鍵，讓冉森也聽到蕭闖的結論。冉森靠邊停車，從後座拿出筆記型電腦，打開地圖，開始標記碼頭及碼頭附近倉庫的位置，隨後擴大地圖範圍，把碼頭與內陸之間的中轉倉庫一一記錄下來。

「你可以留意一下港口各批次貨物的物流走向，哪些是在口岸不作停留，直接運往中轉倉庫的。當然這其中肯定有正規合法的進口貿易，但至少可以縮小篩查範圍……

「至於剩下的，只能靠定點排查了。這類已經形成產業的走私活動，不是很多人想像的那種三更半夜偷偷摸摸行動。集團成員也大多衣冠楚楚，談笑自如。你只能多從細節尋找紕漏——提貨時的檢驗方式，物流交接是否使用現金，有沒有『套號』的貨櫃，或者發貨老闆的賓士車是不是做了ＶＩＰ風格的改裝。忽略最後一條，這是我瞎編的……

「但總之，你能找到線索也好，找不到也罷，搞走私的集團『可鹽可甜』，既有見著緝私就尿褲子的，也有敢殺人碎屍的。我建議你遇見什麼風吹草動，就趕緊通知當地警察。」

蕭闖的最後一句叮囑，臨近魯南掛電話的瞬間，所以，也不知道他聽進去沒有。

按照蕭闖說的，魯南和冉森該找的，就是到了東疆港又運到中轉倉庫的貨物。跟著這些貨物就有可能找到走私集團。找到走私集團就可能找到陳曼。而找到陳曼，說不定就能找到李夢琪了——這樣盤算完一大通，魯南有些恍惚，覺得每個步驟的成功機率都堪稱渺茫，可是，當下又沒有更好的選擇。

唯一讓魯南欣慰的就是南津市足夠小，也不怎麼塞車，沒開多久，他跟冉森已經到了東疆港，還逛了一大圈。冉森向運輸工人打聽了好幾艘船的貨物物流終點，魯南則大概記下了一些貨櫃的編號。

同樣的時間，如果是在北京，魯南很可能還塞在二環主道路上。

之後，他們兩人分頭行動，去了不同的中轉倉庫。

出發之前，冉森問魯南：「您覺得……我們這樣，從貨運倉庫開始……能找到陳曼？」

「或許吧。」魯南給了個佛系的回答——總得相信巧合。

冉森那邊尾隨著一輛貨運車抵達了一處小型中轉倉庫。他選這輛車跟的原因，是看到司機露出的手臂上有刺青——這個理由跟魯南想找陳曼的思路，可謂是相得益彰。

魯南則隨便選了一輛大型貨運車跟隨，抵達另一處中轉倉庫後，他給倉庫園區的保全買了煙，打聽著情況。

在魯南跟保全相談甚歡時，冉森已經因為東張西望的可疑樣子被倉庫區的工作人員發現，趕了出來。

而魯南在和保全說話時，突然發現有兩個往倉庫裡走的人，其中一人懷裡抱著個紙袋，紙袋裡隱隱露出很多汽車牌照。

「你只能多從細節尋找紕漏……」回想著蕭闖的話，魯南跟了上去。

魯南一眼發現倉庫裡有幾個貨櫃是打開的，裡面都是各色高級跑車。而抱紙袋的那兩人，把那袋牌照交給了倉庫裡的另一個人；那人穿著深色外套，顯得很是幹練，應該是他們的頭目。魯南掏出手機，給倉庫裡的情形和那幾個人都拍了照，便退出倉庫。

來到倉庫外，魯南翻看著手機裡剛才拍的照片，先撥通了吳涵的電話，無人接聽。他又撥通了喬紹言的電話，電話接通了：「喬隊，我是魯南。我現在在臨港工業新區的九號倉庫，我發現這邊……」

如果只到這時候，那蕭闖的叮囑應該還算是起了作用。可是，話還沒有說完，魯南就發現那個頭目獨自一人走出了倉庫，左右看看，似乎是在確認周圍無人跟隨和盯梢，之後走向倉庫後方。

魯南對手機說：「我等下再打給你。」

說完，他掛斷電話，小心翼翼地跟了上去。

6

那人走了五六分鐘，越走越偏，四周的貨櫃、庫房越來越少，魯南很擔心再往前走，自己和他之間會連一點遮蔽物都沒有。好在到了水力發電站的大壩邊上，他停了下來，四處觀望一會兒後，就雙手插口袋站定，似乎是在等人。

萬一是在等陳曼，那就擇日不如撞日了……魯南正思量著，就看見一個高大的身影由遠及近，從水壩的另一頭走到了那個頭目的面前。這兩人看起來很熟，一見面就湊近了低聲交談，那人甚至拍了拍頭目的肩膀。

夏天五六點鐘的晚上，南津的天一點都沒黑。眼前的兩人說著話，稍微轉了個角度。魯南這才看清，從水壩那頭來的人正是身著便裝的吳涵。

靠，不會吧，這麼狗血的嗎？

冉森和喬紹言的話在魯南腦海裡過了個遍。他聽不清楚那兩人交談的內容，愣了片刻，拿出手機，拍下兩人接頭的照片。

拿著照片去對質的話，吳涵會怎麼解釋呢？或者應該直接把照片發給傅東宏……還沒等他打定主意，腰後有個硬邦邦的東西抵住了他，是槍。

「嘯哥！這小子一直在我們倉庫周圍探頭探腦，被園區的保全在監視器裡發現了，我們去監控室一看，原來他一直在跟蹤你！」

拿槍頂著魯南的是個胖乎乎的矮冬瓜，他邊說話邊推推搡搡地把魯南帶到了「嘯哥」的面前，魯南幾乎能感覺到他的口水噴在自己的手臂上。

看到魯南被押送到自己面前，吳涵整個人都僵住了。

魯南不知道她的詫異是因為哪一部分——槍，還是他的出現。

和矮冬瓜搭檔的是個滿臉陰霾的長竹竿，他陰惻惻地問魯南：「你是幹什麼的？」也沒指望魯南回答，說話間，他就搜了魯南的身，從口袋裡翻出了證件：「法院的？你幹什麼來了？」

魯南高舉雙手，努力把眉毛蹙在一起，讓表情能顯得緊張一些：「幾位兄弟……別緊張，我是從北京過來的，想在這邊……買輛車。我太太總吵著想換輛女用車，北京那邊的排放標準已經收緊了，大排量的平行輸入車搞不到，有朋友就建議我來南津這邊尋尋。」

生平第一次，魯南體會到了被告在庭上扯謊的感覺——在場所有人都知道這是假的，而說這話的也知道所有人都不信。

長竹竿拿起魯南的手機，按了兩下，抓住魯南的手打開指紋解鎖，調出了魯南拍的那些照片。

撒完謊看到證據是什麼心情？魯南懶得猜，反正裝不下去了。他乾脆連緊張都不演了，舒展開眉頭，朝吳涵笑笑。

吳涵咬牙切齒看著魯南一臉放鬆的笑容，右手不自覺地往後腰上摸。

長竹竿也沒說什麼，走到了「嘯哥」身旁，把手機遞給他：「嘯哥你看，別聽他胡說八道，把他埋了吧。」

蕭闖說過，走私集團「可甜可鹽」，那在場的大概不是甜黨。

「嘯哥」陰著臉，翻看著魯南手機上的照片，不時瞟一眼吳涵：「這個……不行先把他關貨櫃裡，等搞清楚怎麼回事再處理……」

矮冬瓜年紀不大，顯然還處於努力求表現的奮進期，很想拿魯南衝一衝業績：「嘯哥，這邊馬上要交貨了，留著這小子是個麻煩，要是讓曼姐知道，她肯定也不會同意！」

他邊說話邊用槍指著魯南的頭，同時呵斥道：「跪下！」

被槍指著還不表現得緊張一點，未免太不給面子，於是魯南一邊跪下一邊作驚恐狀：「幹什麼？我真的就是來買車的，價錢好商量啊！不至於吧……」

矮冬瓜用拿槍的那隻手反手給了魯南一耳光：「你他媽閉嘴，給我跪下！」

如果犯罪集團有績效考核，這小子很接近達標。當然，這也是他最後一次接近達標。魯南知道，到了這一步，決定性的變故馬上就要出現了。

吳涵突然從後腰上拔出槍，指著矮冬瓜：「把槍放下！」

矮冬瓜愣了：「咦？嘯哥，她不是跟你一起的嗎……」

哦，是這樣……那就還好。

魯南猝然發難，回身一肘將那矮冬瓜打倒在地，同時奪下槍指著吳涵。仿M92的自製槍，熟悉的重量和握感，他憑經驗推測，這類粗糙的工藝水準下，扳機的行程會略長。無所謂，握柄分量壓手意味著槍裡有子彈，可以擊發，一樣可以殺人。

與此同時，那個「嘯哥」不等長竹竿拔出槍來，上前一拳打倒他，然後奪下他的槍，回身指著魯南：「你把槍放下！」

魯南舉槍慢慢靠近吳涵和「嘯哥」：「吳隊，你跟這幫人要真是一夥的，那今天大家就只能同歸於盡了。」

「嘯哥」的嗓門一下高出好幾度：「你敢！」

吳涵舉著槍，騰不出手來捏一捏自己的眉心，但從神情來看，她已經非常疲憊了：「江嘯，別開槍，他真是最高院的。」

「管他哪裡的，別拿槍指著我們隊長！」

有了剛剛的推測，這話的資訊量就不顯得誇張了。吳涵還有這個江嘯，和走私集團不是一夥的，但江嘯和吳涵是一夥的。

換句話說，這個人是吳涵派來走私集團的臥底。

吳涵緩緩垂下槍口，朝江嘯點了下頭。江嘯會意，把槍口向下垂了一半，仍舊死死瞪著魯南。

魯南來回看著兩人，問江嘯：「你也是南津總隊的？」

「關你屁事！」

魯南想了想，按下鎖扣，卸下彈夾，把槍和彈夾都放在地上，向後退了一步。

吳涵把槍收回腰間，瞥了眼昏倒在地的矮冬瓜和長竹竿，冷冷地問魯南：「你跑這裡來幹什麼？」

魯南大概明白，自己恐怕是搞砸了什麼事情，語氣異常討好：「嗯……我要說是剛好路過，您……信嗎？」

昏暗的燈光下，吳涵和江嘯站在貨櫃裡，魯南坐在旁邊一個木箱上，一臉心虛的表情，一會兒看看貨櫃箱頂，一會兒看看自己的手，比犯人還像犯人。

傅東宏進貨櫃的時候，看見的就是這樣一個場景。

不等他話出口，江嘯就朝他做了個「噓」的手勢，向帶傅東宏進來的那名刑警說：「給他們來點搖滾樂。」

刑警走到貨櫃前端，在被一排木箱遮擋的區域後面，胖胖的孟海和瘦高的盧玥戴著背銬，坐在地上，身旁還有個拿槍的刑警。

這名刑警上前掏出手機和耳機，對另一名刑警說：「放點吵鬧的。」

另一名刑警會意，也掏出手機和耳機，兩人打開播放軟體，播放重金屬音樂，插上耳機，把音量調高，將兩部手機的耳機分別塞進盧玥和孟海的耳朵裡。其中一名刑警繼續留在原地看守，另一名刑警回到貨櫃後端，對吳涵說：「搞定了。」

幾乎是立刻，吳涵提高了音量，轉向傅東宏：「老傅，我是來找你幫忙的，不是讓你的人來給我添亂的！江嘯是我學弟，當初在青崗支隊都快升副支隊長了，我腆著臉把人家調過來做臥底，打入陳曼的走私集團，為的就是將這個集團一鍋端！」

江嘯也瞪著傅東宏：「兩年多了，我終於坐到這個位置。」

說著，他一指魯南：「你的人來到南津，沒兩小時就把我們兩年的行動差不多全搞砸了！」

傅東宏瞪著魯南。

魯南攤手，小聲申辯：「您讓我查這案子，田洋的律師和江州的喬隊都懷疑陳曼有可能就是李夢琪，所以我就順著這條線摸，看見他了——」

說著，他伸手指了下江嘯。

「我跟著他，看見吳隊和他碰頭。我不清楚這裡面是什麼狀況，拿手機拍了幾張照片，結果被這個集團的人發現……也是……意外。」

傅東宏扭頭去看江嘯和吳涵，聲音裡透著理虧：「那……行動還可以繼續進行吧？」

江嘯一臉不屑，冷笑一聲：「這小子突然冒出來，驚動集團的人，為了保障他的安全，我和吳隊不得已把那兩人拿下。因為這個，我這臥底行動，也差不多到頭了。」

傅東宏硬著頭皮繼續問：「既然那兩個人被控制住了，你的身分就沒人知情啊，怎麼能說行動被破壞了呢？」

吳涵一棍子打回來：「控制住了？你當警察是蓋世太保嗎？這兩個人要羈押、收監，必須有正當的罪名和手續。就算我們把這兩人在看守所單獨關押，也沒有不透風的牆，任何一個環節都有可能走漏風聲。集團很快會知道他們的人被警方抓了，這些毛賊也知道去保全那裡看畫面。這兩人在哪裡被抓的？因為什麼被抓的？是不是跟在江嘯後面走才出的事？不出三天，一定會有人懷疑到江嘯身上。」

傅東宏還在想辦法：「這……那我們能不能把保全那邊的檔案收走？或者讓他們刪掉……」

「沒有警方的強制力，怎麼落實這事？可一旦動用了警方的強制力，不一樣會引起他們懷疑？」

傅東宏閉嘴了，這本就不是他擅長的領域。惹禍的那個倒是在行，可這會兒魯南一聲不吭。這小子一向很有辦法的，難道說眼下這個局面真的無法挽回了？

「本來我們還有一線希望，能趕在江嘯的身分暴露之前收網。根據我瞭解到的可靠資訊，陳曼今晚八點前會返回南津。」

魯南和傅東宏齊刷刷地抬起頭，盯著吳涵。

「畢竟，田洋被捕後，陳曼立刻逃離南津避風頭，整個組織上上下下的大小頭目也都四散隱匿。我們推動田洋的案子速審速判，就是為了讓陳曼誤以為風頭已經過去了。這趟她回來，本來是我們最好的機會。」

「本來？」

「她回南津的路上，會有一個小時的時間在津港轉機，這期間，她的律師岳志超會去津港和她碰頭，處理一批走私品的報關。岳志超是南津超岳律師事務所的合夥人，也是陳曼的狗頭軍師。這類報關清關明明可以在線上進行，岳志超卻非要跑一趟津港，所以，我們推斷他們應該也有一層確認南津是否安全的考量。只要她見到岳志超，沒出狀況，之後回南津，我們就有收網的希望。」

吳涵說到這裡，眉頭幾乎皺出了「王」字紋。她朝旁邊的刑警打了個響指，刑警從木箱上拿起筆記型電腦，打開一段錄影片段，是環城公路的監視器畫面。

魯南瞥了一眼，是一起車禍。又瞥了一眼，是他來時路上的那起。

畫面裡，正播到從轎車裡救人的魯南。

「這是你那個麻辣燙局吧？」

魯南翻了個白眼。

傅東宏沒好氣地瞥了魯南一眼。然後，他又輕聲細語地問吳涵：「這跟您的行動，有什麼關係嗎？」

如果不是時機不對，傅東宏對吳涵說「您」的場面，還是挺讓魯南覺得可樂的。

吳涵敲了下鍵盤，將畫面暫停，接下來說的話就讓兩位法官都笑不出來了。

「我們去交通隊核查過整個事故的監視畫面，是計程車司機併道時沒發現斜後方的車輛，在車速很快的情況下發生擦撞，才導致了這起連環車禍。沒錯，從蝴蝶效應上講，如果你沒有來南津，可能就不會發生這起車禍，但這確實不能怪你。而你從車裡救出來的這個人，在這起車禍中受了嚴重的顱內損傷，現在在加護病房。這個人，就是岳志超。」

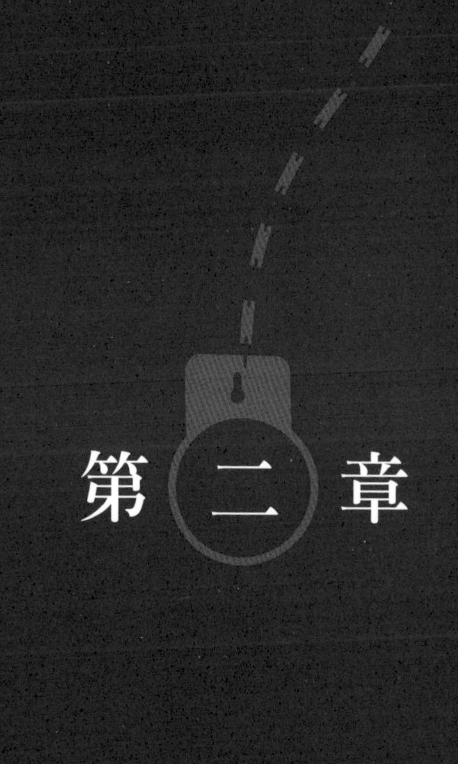

第二章

1

西景線夏季多雨。那輛裝著不鏽鋼欄杆的押運車倒在泥漿和山石中，好似迷路的醉漢。駕駛員頭朝下，以一個不合理的角度窩在車頂的鋼板上，已經死了。後車門處跪著的，是穿著橘色囚服、長得幾乎一模一樣的兄弟二人。他們有著複製貼上般的淺色頭髮和淺色眼珠，以及黝黑的皮膚，有著混血兒那樣的高聳鼻梁和深眼窩，以及一口潔白整齊的牙齒。

兄弟倆溫馴地低垂著頭，這當然不是因為之前的審訊、剛才的撞擊或被害人家屬的眼淚，而是在幾公尺外正對著對講機說話的魯南，以及他手裡握著的槍。

「指揮中心，我是魯南，二號押運車在S225省道中段遭遇山體滑坡，車子衝出路肩，掉進山谷。有人員傷亡，請求救援！」魯南在一遍遍重複地吼，「請求救援！請求救援！」

暴雨中視野很差，這麼近的距離，隔著雨幕，魯南並不能把那兩個人看得真切，而同事劉白的呼吸聲，在他耳中倒是莫名清晰。呼……哧，呼哧。忽快忽慢，伴隨著咳嗽。血沫從劉白的嘴裏湧出來，浸透法警制服的領口，又很快被雨水沖去顏色。

指揮中心的回話斷斷續續：「傷亡情況？」

「司機死亡，劉白受傷很重。」

「押運的嫌疑人呢？」

「他們都沒事。」撞擊發生的瞬間，魯南看見劉白下意識護了嫌疑人一下，否則此刻靠著石頭半躺著的、被撞擊傷及肺部或者心臟的，也許本不該是他。

憑什麼不是那兩個嫌疑人呢？黑勢力集團，冰毒，海洛因，持槍殺人……魯南很懷疑，從出生到現在，他們有沒有幹過什麼好事，或是有過什麼正面積極的人類情感。

「二號押運車！二號押運車！」對講機的聲音斷斷續續。

「我在。」

「你所在區域路段發生多處山體滑坡和塌方，現在只能從後方區域進行救援調度，預計六到八小時能趕到。在救援趕到前盡量不要離現場太遠，妥善安頓受傷人員。」

「我去你的……」魯南脫口而出，又把更難聽的吞了回去。

「什麼？」

「指揮中心，劉白撐不過六小時。我現在看不到什麼明顯的體外傷，但他一直在吐血。如果一兩個小時內得不到救治，他會死的！」

那邊是漫長的沉默，三百年或不到一分鐘，對講機裡傳出滴答聲，應該是指揮中心接進了外頻線路，換了個聲音低沉的男人開口：「魯南，我是王絳。」

「長官，想想辦法，劉白他……」

「劉白還能走路嗎？」

「不可能。」

「再往前不到二十公里就有救助站。救助站沒有車輛，正徒步往你們這邊來，你揹上劉白，往他們趕來的方向靠攏。」

「那押送的人犯怎麼辦？」

「銬在車上。」

「不行！這邊的山體結構很不穩定，而且雨越來越大，如果再次發生滑坡，這兩人就死定了。」魯南望向山頂，從他們翻車到現在，那個小小的尖已經又往下塌了一些，泥漿隨著雨水不停地傾瀉而下，下一次滑坡只是時間問題。

「這屬於緊急避險情形下的處置。」

「銬在車上，是讓他們等死！」雖然他們被押到地方審判也是死，可就是不能把他們丟在這裡。

「那就把他們兩個放了！他們要是懂事，就跑出去再自首。要是不回來了，我們就再抓一次！」

魯南以為自己聽錯了：「什麼？」

「那能怎麼辦？！你不想劉白死，又要保障人犯的生命安全。命令是我下的，事後追責我來扛！」

王絳竟然是認真的。魯南扭頭，看向那對兄弟。

他走近兩步，兩人依舊低著頭，一副人畜無害的樣子，卻偷偷地交換了眼神。魯南彷彿能聽見他們腦袋裡的算盤在響，關於巨大的恐懼，或者更巨大的、某種邪惡的希望。

「魯南？魯南？」王絳的聲音很大。

「對不起，長官，我做不到。為了抓這兩人，蕭闖他們隊犧牲了一名臥底和兩名特殊情報人員，我不能放他們走。」

「現在不是意氣用事的時候，你必須考慮清楚……」

魯南按下通話鍵：「二號押運車魯南，攜帶傷患向前方救助站靠攏。」

他把對講機別回腰上，拎著槍走向那對兄弟。

也許他們想藉機逃跑，也許路上還會遇到塌方，也許劉白下一分鐘就會死……魯南掐滅這些糟糕的想像，他的鞋子陷進泥裡，籠罩在周圍的雨似乎將一整片山脈都吃掉了。

2

十幾年後，魯南陪傅東宏站在工業新區的門口，陷進泥裡的感覺又出現了。車禍、江嘯、吳涵部署的收網行動，每件事都是他意料之外的。可「意外」和「搞砸」，在他的概念裡還相距甚遠。傅東宏顯然不這麼想，他眉頭緊鎖，滿臉的沉重已經快掉在地上，正目送著吳涵那輛貨車開出園區，裡面押的是走私集團那兩名優秀員工。

傅東宏低頭嘆氣，魯南第一次發現自己的直屬主管有點駝背，頸部的皮膚變得鬆弛，單手叉腰站著的姿勢也因為前傾的胯骨而顯出一些疲態——傅東宏老了。這個全新的發現來得很不是時候，讓魯南感覺自己被愧疚輕輕撞了一下腰：「傅庭……」

「別解釋了，你就是本事大！照你這個打法，津港那邊的案子指不定你和方媛還要多出格！」傅東宏罵起人來還是中氣十足，退後的髮際線隨著他腦袋的晃動，顫抖如同海浪。

挨罵讓魯南安心了些：「我能怎麼補救？」

「三潭醫院斜對面有家黃湯拉麵，味道挺不錯的，炸豆腐也還行。別白來一趟，去嘗嘗吧。把你今晚從南津回津港的車票退了，直接回北京，通知方媛也回來，到時候跟我一起去院裡述職。」

「可是津港那個案子還沒結束……」

「你還沒明白我的意思嗎？津港的案子你們也先不要辦了。」

一名便衣刑警開著輛民用牌照的轎車停在門口，傅東宏走向轎車。

魯南想掙扎一下：「可是傅庭，這事是你讓我來南津幫忙調查的。」

傅東宏回過頭：「沒錯，所以現在去南津總隊和明天回院裡揹鍋的都是我。鬧不好，你小子大概要換主管了。」

傅東宏上了車，刑警駕車離去。魯南愣在原地，剛才那點愧疚，變成了大份加量版本。在自己也嘆出口氣之前，他掏出手機，撥通電話：「送我去趙三潭醫院。」

黃湯拉麵館裡的桌子不超過十張，坐得滿滿當當。老闆娘的口音很難懂，魯南至少問了三遍，才明白要自己去窗邊座位。

端麵的那一小會兒，他的座位被一個當地小孩佔了。魯南還不能訓斥那個胖乎乎的孩子，因為孩子戴著一條鮮豔的紅領巾，拿著一本新概念教材，在等餐的時候給自己的母親朗讀英語，而他母親就像聽到了巴哈平均律一樣高興。魯南也沒法訓斥本該幫他守住座位的人，因為那人雙手交叉，一臉無辜，看著他說：「我就看了眼手機。」當然了，這人是冉森。

冉森什麼都沒點，直愣愣盯著魯南。魯南上次看到這樣的神色，還是去寵物咖啡廳的時候，他兒子站在沙發上，用胡蘿蔔逗咖啡廳裡四個月大的小山羊。

魯南找到另一個單人座位坐下，開始狼吞虎嚥。冉森繼續雙手交握，挪到魯南的身旁：「到底怎麼樣了？你什麼都不跟我說算怎麼回事？」

魯南瞟著他：「司法機關辦案，怎麼可能跟你說？確定不吃嗎？真還不錯。」

冉森的反抗相當孱弱：「那你就當我是個司機嗎？」

「你打算收費嗎？」

冉森嘆了口氣，搬來一張椅子，坐到魯南身旁。

「我是在求你幫忙，魯法官，面對國家司法體系時，無論是我的當事人，還是作為辯護律師的我，都是很弱勢的。我們的能力有限，我們的權力更有限，很多時候，我們只能寄希望於現行體制下的某個司法機構，或者更具象一點，某個辦案人員……這個人哪怕願意跟我分享一點……」

魯南頭都不抬，繼續吃麵：「那你至少應該寄希望於對的人。」

「那你告訴我，到底是在其位的人就是那個對的人，還是會為真相全力以赴的人才是那個對的人？」

「再怎麼說，劉鳳君的死，田洋絕對脫不了關係。性質這麼惡劣的案件，即便田洋是從犯，處罰結果也輕不到哪裡去。你到底是圖什麼？」

「總要有人替田洋爭取一個公正的結果——這才是法律。對你們政法機關的人而言，到底是把手上的被告人坐實落案重要，還是查明真相更重要？所以應該我問你，魯法官，從北京跑來南津，從東疆港跑到工業新區，你到底是圖什麼？」

魯南和冉森對視。小山羊會為了胡蘿蔔蹦上茶几，然而魯南真的沒有那根胡蘿蔔。他有什麼能告訴冉森的呢？警方也懷疑陳曼就是李夢琪，找到陳曼或許——只是或許——會讓田洋的案子多些證據，但是現在，抓捕的行動因為他魯南而橫生變故。

且不說保密原則之類的事情，魯南很懷疑把這一番「進展」說出來，冉森是不是會當場哭給他看。他想了想，放下筷子。

「這李夢琪……你們——我是說不只你一個人——怎麼就那麼確定她還活著呢？她是七年前失蹤的，至今杳無音信，下落不明。她的家屬的確沒去法院申請宣告失蹤和宣告死亡，但以常理推斷，這人怎麼也不可能活著呀。」

「田洋被捕的那天，我也在公司。我是被臨時叫過去的，要讓田洋簽刑事辯護的委託書。」

「嗯。」

「經濟犯罪偵查局的人拿田洋的身分證核對，就在錢包的夾層裡發現了李夢琪的飾品。」

「她的飾品？」

「是的，偵查局的人當場從田洋錢包裡搜出來的。」

「可這東西是訂製款嗎？不可能有同款嗎？再說了，田洋有一百種可能得到李夢琪的東西，包括他殺了李夢琪。」

「後來警方搜查田洋的轎車，還在後車廂裡發現了一個禮物盒，裡面除了一瓶昂貴的LA PRAIRIE眼霜外，還有一張卡片，上面寫著『從江州到南津，感謝你這些年來對我的不離不棄』。」

聽到這個，魯南心裡也不得不承認，李夢琪很可能還活著，而且很可能就在田洋身邊。

掃碼結帳也成了件麻煩的事。魯南搞不明白，多請自己吃一碗麵，能給田洋的委託律師帶來怎樣的心理慰藉。總之冉森就是要掏出手機，調出掃碼功能。兩人就像比賽瞄準一樣，爭相對準老闆娘頭頂的行動支付二維碼。冉森為了保持平衡，還抓了一把老闆娘的圍裙，得到一個白眼。

推著眼鏡從麵館出來，冉森又一次強調：「總之魯法官，田洋的錢包裡有李夢琪的耳環，李夢琪真的活著。」

魯南大腦中某個地方響了一下：「耳環？」

「對，哪怕是一點點的可能性，我們也……」

魯南盯著冉森，有些出神。

「怎麼了，魯法官？」

「沒什麼，我聽懂了。哪怕是一點點的可能性。」

3

進入刑偵總隊會議室的時候，魯南是用跑的，他身後跟了三名刑警，一名試著拽他的手臂，一名朝著他喊「不行」，最高最壯的一名則一直試圖從魯南身旁超過去攔他，靠架設人牆阻礙他前進。

魯南推開門，看見傅東宏和吳涵分別坐在會議長桌的兩端，氣氛肅穆得像世紀末告別，兩人齊刷刷地扭頭看他。

「吳隊，我們跟他說了不要進來……」

吳涵擺擺手，示意刑警出去，望著傅東宏：「老傅，自己的人都管不好，要我幫忙嗎？」

傅東宏瞟了魯南一眼：「你給我出去！不是讓你……」

「那家的麵我吃了，確實物美價廉，不過炸豆腐味道一般。」

傅東宏的髮際線開始顫抖，在他發火之前，魯南繼續說道：「而且長官，我今晚從南津返回的票是商務艙，不能退，院裡不給報帳的，我不想白瞎了這筆錢。津港的案子，我還要繼續辦。」

傅東宏瞬間平靜下來，倒不是因為魯南說了什麼，而是共事多年，他太了解這個得力幹將了。事實上，這正是傅東宏一直期待他出現的狀態。以魯南過往的經歷，一旦他不再佛系應付差事，是能做到佛擋殺佛的。

「吳隊，這事是我冒失了，我道歉，如果有鍋，也不能讓傅庭替我揹。秋後算帳的事，怎麼樣都行，你看著辦，但眼下這個局面，你總得想辦法。要麼在津港抓陳曼，要麼想辦法讓她返回南津的計畫不變。」

「你小子說點有用的……」

吳涵一抬手，阻止了傅東宏的呵斥，盯著魯南：「在津港抓陳曼不難，可一旦抓了她，南津她手下這些大小頭目就會有人接她的班，很快會有第二個陳曼、第三個陳曼……只有她返回南津，這些人才會露面給她接風。想把所有人一網打盡，讓她回南津，幾乎是唯一的機會。」

「就算在津港逮捕陳曼，也需要你們局上級和津港警局平級協商，或是向警察部門提出申請，不出意外的話，你還得先挨頓罵，時間上根本來不及。我在津港警方那邊有熟人。」

吳涵冷笑：「陳曼一在津港落地，我就立刻把她錄入網上抓逃的名單，津港警察不需要協調也會抓她。你多慮了。」

魯南愣了一下：「看來最下策你已經有了，那我們來聊聊上策吧。」

魯南看著吳涵微微皺起的眉頭，知道這種自信的姿態已經贏得了部分信任：「如果有人能代替岳志超在津港和陳曼碰頭，並使她安心，是不是就能讓她回南津，那麼原來的計畫也能照常實施？」

吳涵的臉頰抖動了一下，瞟向傅東宏。而傅東宏以幾乎看不見的幅度，朝她點了下頭。

「岳志超跟了陳曼很多年，不是隨便找個人頂替就能糊弄過去的。」吳涵說。

魯南聳肩：「如果不成功，大不了再抓她唄。」

「但要在這種情形下，將抓捕列為次級預案的話，就必須得到津港警方的支援。」

「我說了，我有熟人。」

吳涵死死盯著魯南，沒說話，考量他的提議。

「這種局面下，等上峰的雷劈下來，這屋子裡的人誰都跑不了。我和傅庭是一定要揹鍋的，你們上級會怎麼處分你我不知道，但你肯定沒法跟江嘯交代。大家現在俱榮俱損，也許我的建議不是你最好的選擇，但你只有這個選擇。」

「那好，來說說吧，你打算找誰代替岳志超？」吳涵做出了決定。

「是個……」魯南想了想，「很聰明的律師，也很執著。」

「全國十佳律師」，大律所的高級合夥人，過去一年辦了一百四十個案子，贏了一百三十九個，說他聰明，肯定沒錯。

為了追查真相而遭到牢獄之災，一獲自由之身立刻繼續調查，說這叫執著也肯定沒錯。

不過，還有最重要的一點魯南沒提。他選中的這個人，有一點少見的天真。這點天真有可能讓這個人願意蹚不相干的渾水，甚至願意因為和魯南的一面之緣而甘心冒險。

喬紹廷快四十歲，看長相也就三十歲出頭，窄窄的額頭配上薄嘴唇，頗為清秀，甚至有些女相。初見面的客戶會因此對他有疑慮，可熟悉他做事風格的人，會把這副面相看作「吉利服[3]」。兩人相識不過一個星期，他代理的一起故意殺人案由魯南擔任死刑覆核法官。為了這起案子，喬紹廷得罪了不該得罪的人，被羈押調查了一個多月，被停了執業資格，甚至欠了債，如今他還是沒放棄繼續為那個案子奔走。基於這些，魯南覺得，喬紹廷或許能行。

接到魯南的電話時，喬紹廷正在一家粉色的餐廳裡單手托腮，看自己的工作夥伴和一個女網紅「溝通感情」。這裡的桌椅和牆壁是粉色，服務生的工作服是粉色，連洗手間的紙巾也是粉色。他的工作夥伴正從粉色的草莓蛋糕上挖出心形的一塊，餵給穿粉色衣服的女孩。雖然那女孩可能是位關鍵人物，雖然這次溝通是工作需要，但喬紹廷還是覺得，同事在這項「工作」中獲得的私人樂趣過多，營造的氛圍也過於愉悅。喬紹廷下意識往後傾斜，生怕被幾公尺外的歡樂空氣飛濺一身。

所以，他接電話速度之快，如同在抓救命稻草：「喂，魯法官，你的走私副業進展如何？」

「我現在有急事需要你幫忙，存在一定的風險，你趕緊決定要不要幫我。」

「幫你做什麼？」喬紹廷瞇起眼睛，眼前的兩人進入了互相說「你才討厭」的環節。

3 編註：吉利服為表面綴滿小樹枝、樹葉，外觀類似灌木叢的偽裝服。

「首先你必須馬上出發，在一小時內趕到津港機場，剩下的我在路上跟你說。」

喬紹廷眼睛一亮：「沒問題！」

魯南那邊明顯是愣了：「啊？」

喬紹廷立刻站起身：「我現在就出發。」

「你還沒問我具體要做什麼呢。」

「跟我現在的處境相比，你讓我幹什麼都行。」

會議室裡，魯南掛上電話，輕快地呼出一大口氣。不管喬紹廷的處境是什麼，為了擺脫那個處境而立刻答應幫忙，一句都不多問，確是率性天真。

會議桌對面，傅東宏卻不太放鬆：「所以，現在的情況是，我們找到了一名律師，把希望寄託於他，但根據保密界限，還不能讓他知道行動的整個內容。」

「他不需要知道。這個律師很聰明，知道什麼不該聽，什麼不該問，什麼不該多想。」

傅東宏還想說些什麼的時候，會議室的門被推開，喬紹言進了會議室。傅東宏和魯南不約而同閉上了嘴，剛才沒開口的吳涵卻故意不回過身，用圓珠筆撓了撓頭髮，邊低頭看著資料邊對魯南說：「你找的這個叫喬紹廷的律師……」

話說一半，她抬頭看魯南，又用餘光掃到了喬紹言，接著笑笑，好像剛發現喬紹言在場似的：「保密行動，請喬隊理解。」

吳涵說完，保持微笑，望著喬紹言，又望向會議室的大門。

聽到喬紹廷的名字，喬紹言顯得驚訝、擔憂，還有些撞破祕密的突兀，畢竟吳涵的行動，她不應該知道。這些情緒最終定格為一個略顯尷尬的笑容：「剛才好像是你的人把我叫過來的。」

「就是文書上的事情，晚一點說也行。」吳涵看著喬紹言，坦坦蕩蕩，喬紹言只能點頭，走出會議室。她的腳步在門口停頓片刻。

傅東宏看著吳涵：「你還能故意得更明顯一點嗎？」

「你們找的那個津港律師叫喬紹廷，我立刻查了一下，喬隊是他的親姊姊，你們不知道嗎？」

魯南之前的猜想被證實了：「我想只是湊巧，而且他們的關係似乎不怎麼親密。」

「圈子不大，湊巧很正常。我只是有一點擔心，你是不是真的了解這個姓喬的律師。」

擔心到要趁機用他來刺探他的姊姊——這句話，魯南吞了回去：「對我們要用到他的那部分，我很確定。這就夠了。」

說著，魯南看看錶：「他現在在去津港機場的路上，還有四十五分鐘陳曼就要落地了。我們必須給出足夠的情報支援他，才能讓陳曼確信。」

傅東宏問：「確信什麼？」

「確信他是岳志超那個律所的隱名合夥人。」

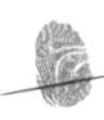

顫巍巍的安全感。

從認識到現在，魯南對喬紹廷都有這樣的感覺。把事情交給他，就像要一個熱情的四歲孩子幫忙去廚房接一杯水，過程讓人提心吊膽，或許會撞到櫃子或踩到貓，但最終那杯水總會出現在臥室的床頭櫃上。

「這個岳志超是哪年畢業的？資料上說比我小一屆。他都辦過什麼案子？如果有南津以外的案子更好……」在去機場高速的路上，喬紹廷一直和魯南通著電話問個不停。魯南坐在一台筆記型電腦前，登錄了法院的案件查詢系統，幾次想提醒喬紹廷事情還挺危險，卻又都把話吞了回去。魯南輸入岳志超作為代理人查詢案件後，頁面上跳出數百起案件。

「這傢伙代理過的案子真不少。主要是南津的，其他省市的倒是也有，你想知道哪一類的？」

喬紹廷說：「所有的。光瞭解他事務所的情況還不夠，我還需要他的家庭情況以及更多的生活細節。他喜歡吃什麼，抽不抽菸，喝不喝酒，孩子上幼兒園還是上學了，是不是喜歡奢侈品，有沒有養小三，如果有他電腦硬碟裡那些動作片的番號就更好了，總之就是越個人、越私密的資訊越有用。」

魯南幾乎被喬紹廷逗笑了：「要不要我把番號對應的種子也傳給你？」

「是你在找我幫忙，我可沒跟你開玩笑。」

「但眼下的時間和資源……我只能說盡力而為。換句話說，有些情況，你得隨機應變。而且拜託，你現在手上還有這麼多案子要看，雖然我不覺得陳曼會在這上面抽查你，但有備無患吧。」

「放心吧，我是律師，看案卷一目千行。」

魯南知道，四歲的小朋友已經端著水杯出發了。

幾乎是在同時，咖啡廳的卡座裡，受魯南指派的冉森問岳志超的助理：「經營、編制、薪酬、人際關係，包括辦公地點、室內格局等，越細節的越好。」

「為什麼想知道這些？」岳志超的助理問。

冉森掏出一個裝著錢的厚信封，從桌上推過去：「這不代表我對你有任何評判，只是事態緊急，我們進入正題吧。」

總隊這邊，魯南吩咐刑警將列印的資料全部掃描發給喬紹廷，同時給津港市海港刑偵支隊的趙馨誠打了電話：「你可得快一點，我不能讓他在沒有保護的情況下和陳曼會面。」

說起來，魯南認識趙馨誠還沒幾天。一個粗中有細的武夫，有著莫名其妙的正義感，除去這點少到可憐的瞭解，就是趙馨誠似乎和指紋咖啡的老闆——一個姓韓的律師關係相當不一般。那傢伙是喬紹廷事務所的合夥人之一，是個讓魯南見了一面就感到不舒服的人。能和這種人稱兄道弟，魯南相信趙馨誠必有過人之處。

他沒讓喬紹廷知道還有津港警方的人在周圍策應，因為他想讓喬紹廷有背水一戰的心態。一旦需要趙馨誠出手，就意味著「上策」失敗了。

掛了電話，魯南一抬頭，看見喬紹言正站在走廊裡盯著他看。

「吳涵不歡迎我，你也什麼都不跟我說……」比起「喬政委」，此時把她看作「喬紹廷的姊姊」顯然要合適得多。

魯南沒辦法回答她的質問，只好拋出另一個問題。

「你能不能去趟南津醫院的加護病房？」

「為什麼？」

「因為雖然在南津不便執法，但你依然有警察身分，有些事情會方便一點。」

「我是說，為什麼我要聽你的指派？」

「不是指派，是找你幫忙。」

「你們現在在做什麼都不告訴我，我憑什麼幫你？」

「不是幫我，是幫你弟。」

喬紹言沒再多問，掏出手機，開始查南津醫院的位置。不到二十分鐘，她已經站在加護病房門口，拍下了岳志超妻兒的照片。

到那時，魯南不得不承認，吳涵讓喬紹言知曉喬紹廷的介入，或許是招好棋。

4

在喬紹廷去往機場，魯南和吳涵忙著部署陳曼的抓捕時，江嘯正在工業新區倉庫的貨架後面，拍下檔照片。

「嘯哥，嘯哥？」腳步由遠及近。

江嘯盯著螢幕上「發送成功」的提示，刪掉照片和發送紀錄，收起手機，走出貨架區。

叫他的是個三十歲出頭的男人，瘦高個子，駝背，高聳的鼻骨上有個明顯的骨節，從中間開始歪向一邊，一看就是斷過不止一次。他過長的雙臂垂落身側，肩胛骨在舊舊的廣告衫裡支出兩個小小的鼓包，鞋子的邊緣發黃。當天早些時候，被魯南打量的那個瘦高個子，有著和這人一樣的大骨架和身形，但沒有這人這般遲緩如喪屍的動作節奏。

「這裡呢盧星。」江嘯並不確定盧星有沒有看見自己操作手機。從當臥底到現在，江嘯還沒看盧星的眼珠子轉過，每個需要調轉視線的時刻，盧星都是連身體帶腦袋整個一起轉過去的。這樣一個遲鈍的人，卻是集團裡為數不多能直接聯繫陳曼的人之一。

「今晚要交的這批車，是孟海那條線的下家，挺謹慎的，說交接的時候孟海必須在場。可這小子不知道跑哪裡去了，還有我弟，你看見他們兩個了嗎？」盧星語速緩慢，鼻音很重，還有點拖字。說話的時候，他直勾勾盯著江嘯的臉，江嘯也強迫自己直視盧星的臉。

運貨卡車開進了倉庫，發動機的轟鳴有迴音。

「下午他們不是還在這裡嗎？我剛才好像還有印象在九號倉那邊看到他們兩個。給他們打電話呀。」江嘯確定，自己的語氣足夠輕鬆。

「打過了，沒人接。」

盧星在觀察我，江嘯想。

貨車司機扯起嗓門招呼其他人去卸貨，堆高機也動起來了。真吵。

「你弟就不帶小海學好，去周圍的澡堂裡找找吧。上次警察掃黃，我帶人去芳華池後門接他們，你弟帶著小海是光著身子跑出來的。」在盧星的注視之下，江嘯感覺自己的聲音發乾，空蕩蕩的。

「今晚有單，他不是不知道啊。我弟雖然有點兩光，可也沒耽誤過正事。」盧星說。

江嘯朝他攤手：「那是你弟，我管不了。」

說著，江嘯看了看左右，對另一名手下一揚下巴：「通知那邊的人，今晚我去交貨。

他不至於連我這張臉都不認。」

說罷，江嘯就急匆匆地出了倉庫。他不指望盧星毫無覺察，只要能拖過今晚就好。

江嘯走後，盧星瞟著江嘯的背影，想了想，把整個身體轉向一旁的人，語速依然緩慢：「你今天在九號倉那邊，看見我弟和孟海了嗎？」

「看見了好像，我看見他們和園區保全說什麼來著……」

江嘯走得慢，把這番對話聽在耳朵裡。他出了倉庫就站在一輛廢棄卡車的後面，看倉庫裡的動靜。過了會兒，盧星也拖著步伐走了出來，兩條長長的手臂垂在身側不動，蓬亂的頭髮遮住了盧星的眼睛，江嘯看不清他的表情。盧星從兩排庫房的中間穿過，直接走向了保全崗亭。

「盧哥。」

「剛才我弟和孟海來過嗎？」

「是。之前是我們看九號倉那邊有園區外的人探頭探腦，後來，他們兩個就說要看看監視器畫面。」

「監視器畫面？」

江嘯站在庫房的轉彎處，遠遠看著保全接過盧星給的菸，和盧星一起走向了監控室。

江嘯心一橫，既是債多不愁，再多一個也無所謂了。

江嘯進屋的時候，盧星正盯著監視畫面，看著一個多小時之前江嘯走向倉庫後方，而魯南又跟了過去。他用滑鼠拖動進度條，很快就發現了他弟和孟海的身影，他們兩個循著江嘯和魯南的蹤跡出了園區。

盧星沒回頭，一動不動，早就知道身後是江嘯似的，語速緩慢，沒有起伏：「操，你這混蛋還真能裝。」

「我要是你，就把右手抓的傢伙鬆開。」江嘯看著入定似的盧星，似乎也透視出他右手抓著腰間的手槍。

有那麼幾秒鐘，兩人都沉默著，盧星整個人轉過身，看著江嘯：「我弟和孟海到底在哪裡？」

「這倆小子幹私活，配了一箱重號的貨，想自己走單。人被我扣下了，怎麼處置，等今晚曼姐回來定。」

盧星嘴巴半張著，這是個他沒想到的答覆：「他們是一直這麼幹，還是第一次？」

「我沒多問。你放心，回頭曼姐到了，他們有開口的機會。」

盧星一臉憂慮的表情，抬起頭：「那行，到時候你也幫我弟說說話……」

不等話說完，盧星突然拔出手槍，動作飛快。江嘯早有準備，上前一步，撥開盧星拿槍的那隻手，同時把食指卡進手槍扳機護弓的下側，讓盧星無法扣動扳機。

盧星左手握拳，打向江嘯的臉。江嘯幾乎能聽見拳頭的風聲，在拳頭到眼前的剎那，江嘯一個側閃，抓住盧星的上臂，把他拉了個踉蹌，然後他又用手肘猛擊盧星的後頸，奪下了盧星的槍。

江嘯把手槍在手上一翻，調了個方向，用手槍握柄敲向盧星的頭部，直到將他打暈。

江嘯喘著氣，才發現自己的鼻子在流血，肋骨也正悶悶地發痛。

他望向窗外，保全什麼都不知道，正背著手百無聊賴地踱步，看著倉庫門口的貨車進出。天色還很亮。

臥底兩年多，其實不算很長。之前警校的同學裡，一畢業就被提走檔案，當臥底七八年的都大有人在。可之前在警校的時候，教官就說江嘯：「體能、意識、反應速度，樣樣都好，唯一缺的就是耐心。」所以，花兩年多的時間，小心翼翼地蟄伏，如同布排一副形狀複雜的西洋骨牌，這對江嘯而言並不簡單。他不希望在終於可以把骨牌推倒的時候，因為一點細枝末節的狀況而放棄。

可是此刻，「細枝末節」正躺在地上，這看似符合江嘯的預想，卻不符合整個行動的方向。

5

雖然只有一面之緣，但魯南對江嘯有個判斷——江嘯身上最重要的特質，就是他把目標看得比自己還重要。這種特質，恐怕也是吳涵當初選他去當臥底的首要原因。然而一種解題思路一旦在腦內佔比過大，勢必會壓縮其他思維空間。以上所有簡略來說，就是江嘯這人有點一根筋。

比如說此刻，在刑偵總隊的會議室，魯南推門進來的時候就看見吳涵一臉緊張，拿著手機，不由自主地站了起來：「放倒了？什麼意思？」

「就是打暈了。」電話那邊是江嘯的聲音，他比吳涵鎮定多了。屋裡另外兩名刑警以及傅東宏都坐立不安，聽著吳涵和江嘯說話。

「你先控制住他，我馬上派人過去羈押他。」

「不行，動靜太大了。就算弟兄們穿便衣，園區裡到處是人，這一大活人也沒法弄出去。」

「那你什麼意思？」

「吳隊，我可以斃了他。」

吳涵的聲音一下大了：「你瘋了！盧星已經被你制服，你現在開槍斃了他就是故意殺人。再說了，你開槍得多大動靜？殺了他不是一樣要處理屍體？——我這說什麼呢，都快被你牽著鼻子走了，絕對不行！」

江嘯沉默了一陣子，再開口時，語氣裡帶了些循循善誘的意思，就好像吳涵不是他的上級，而是不懂事的小朋友：「吳隊，我想過了，園區的保全知道我們在這裡是什麼勢力，也認我。我可以不用槍。只要把他勒死，然後讓保全叫救護車，就說他突然什麼病發作，把人往醫院送。只要能拖過今晚，再有三個小時，就都無所謂了。」

「不行，絕對不行！這是命令！你搞清楚我們是幹什麼的。」

「我知道，但我不能讓這次行動失敗。坐牢也好，死刑也罷，有什麼後果我認了。」

吳涵看著手機，微張著嘴巴，半天說不出話。

她很快回過神，向身旁的刑警下令：「通知隊裡備勤的全部集合，目標工業新區！魯南，讓津港那個律師停下來，行動取消！海港支隊可以在機場直接抓人！」

隨後，她對著電話說：「江嘯，行動結束！隊裡的增援馬上就到，我命令你現在就撤出工業新區！」

「吳隊，不能取消行動，就差臨門一腳了！」

「我不是在跟你商量！現在就撤出來！江嘯，你給我執行命令！」

然而，電話那頭的江嘯沉默著，始終沒有說出吳涵想要的那句回覆。吳涵也不掛電話，而是把手機拿到了眼前，好像這樣就能通過信號傳送目光，威懾江嘯就範。

魯南站在一旁，聽懂了工業新區發生的事，也聽懂了江嘯和吳涵的爭執。他看了看傅東宏，上前對吳涵伸出手，示意讓他跟江嘯通話。

吳涵猶豫片刻，把手機遞給他。

魯南默默在心裡給自己對江嘯的判斷打了個勾：「江嘯，我是那個你恨不得活剝了的最高院法官……」

電話那頭的江嘯被引爆了，魯南自動略過了幾秒鐘痛罵，語氣平緩而堅定：「行動不用取消，你不需要撤出來，但前提是你也別殺人，想辦法爭取一點時間，我們這邊會幫你解圍。」

說完，魯南把手機遞還給吳涵，對剛才要出門的那名刑警說：「脫了制服，開車帶我去工業新區，別開警車。」

刑警看向吳涵。

吳涵想了想，點點頭。

魯南對吳涵說：「穩住江嘯。告訴他，我會想辦法把那個盧星帶出來。」

說完，魯南邊往外走邊對刑警說：「路上看見雜貨店，停一下。」

傅東宏在後面試圖叫住他：「魯南，你別……」

魯南回頭對傅東宏說道：「對了傅庭，記得讓吳隊給我們批個聯合行動授權，再就是庭裡能不能給我報銷一下菸酒。」

傅東宏還沒反應過來，魯南和刑警已經離開了會議室。

在去工業新區的一路上，魯南接了喬紹言的電話，說她已經核查了事故的資訊，要到了資料和現場照片。而後冉森來了電話，又一次就「自己做的事情到底和田洋的案子有什麼關係，魯南為什麼不能和他共用資訊」的問題，向魯南發起了挑戰，而魯南又一次以「保密範圍邊界必須嚴守，不然自己都得從調查裡出局」的理由，要到了冉森查到的資料。之後，他讓冉森去南津醫院找岳志超的愛人談話，避免讓喬紹言以警察身分出面，又把資料悉數轉發給喬紹廷。最後，他去菸酒超市買了一條香菸和兩瓶白酒，趕到了工業新區的門口。

此時的魯南並不知道，跟自己通完電話還沒多久，冉森就接到了田洋妻子徐慧文的來電。她說找到了些東西，可能對田洋的案子有用，想讓冉森過去。猶豫片刻之後，冉森還是選擇先去看看徐慧文發現了什麼。

魯南拎著個塑膠袋，大搖大擺進了園區，到了監控室門口。站在門口的保全看他眼熟，正想開口詢問，魯南主動說道：「兄弟，菸抽完了嗎？」

說著，魯南從塑膠袋裡掏出瓶白酒，遞給他：「等換了班，喝兩口。」

保全隨即反應過來，這是早些時候和自己抽菸聊天的人，於是朝魯南一笑，接過了酒。

江嘯打開監控室的門，從屋裡探出半個身體，滿臉掩飾不住的不安，向魯南招手，又對保全說：「這裡你再盯一下。」

魯南樂呵呵朝保全擺擺手，和江嘯走進監控室。昏迷不醒的盧星被電線捆住手腳，嘴還被寬膠帶黏上了。看到這一幕，魯南笑容不減：「靠，你這捆綁趣味……至於嘛。」

江嘯無暇理會這番打趣，面色焦急：「到底怎麼弄？你抓緊時間，弟兄們已經打了好幾個電話催我去交貨了。哦對，我剛才想了想，還有個辦法，就是我們再給他幾下，把他打成腦震盪，但又不至於打死那種，然後叫救護車來，是不是就順理成章了……」

魯南朝他一撇嘴：「你怎麼淨是這種……我可是來協助你和平解決這事的。深呼吸，兄弟，Inner peace。」

「Inner個屁！」

魯南覺得自己和江嘯就像心理學與生活課的課堂教學影片，他自己的頭頂是藍色標記，江嘯的頭頂是紅色標記。產生了這個想法，魯南朝江嘯笑笑。

江嘯更著急了：「這都什麼時候了！我得馬上出去……」

魯南打斷他，往窗外一揚下巴：「那車真不錯。」

江嘯一愣：「什麼？」

魯南盯著旁邊倉庫門口的一輛黑色雙門跑車，吹聲口哨。車前的眼鏡蛇標，流暢的車身線條，都讓魯南眼紅：「是野馬謝爾比GT500吧。」

「那是陳曼送給田洋的禮物，」說到車子，江嘯放鬆了一些，「時速一百不用四秒，但根本不適合在南津上路。」

看魯南還是一臉嚮往，江嘯繼續說道：「田洋愛死那車了。他雖然不開出去，但每個月都會過來看看，把車擦一遍，在園區裡開半圈保護一下電池，給車胎補補氣什麼的。」

魯南恍然大悟般點頭，一拍江嘯：「那這品味可以……對了，你可以走了。」

話題忽然轉換，江嘯愣了：「走？」

「這裡交給我。你去忙吧。」

江嘯高高挑起眉毛，剛才因為汽車話題而一度褪色的心理學健康標記，又重新出現在他頭上，這次變成了黃色——震驚，以及懷疑。

魯南在盧星對面蹲下身，朝江嘯揮揮手：「順便讓門口那保全走遠一點。」

江嘯將信將疑地往外走，又轉身返回，從腰上拔出手槍遞給魯南：「拿著這個，以防萬一。」

魯南看了眼槍，皺起眉頭：「我沒持槍證。」

江嘯氣得嘴都快歪了：「這槍像是有照的嗎！」

「總之我不用這東西。好了你，一進門就跟火燒屁股似的，讓你走，你倒拖拖拉拉。」

說著，魯南把手裡拎的塑膠袋放在地上，發出了玻璃瓶碰撞的聲音。

他伸手扯下盧星嘴上的膠帶，用手輕輕拍著盧星的臉：「醒醒兄弟，醒醒了。」

江嘯又急又氣，還想再說點什麼，可手機又響了，他只好往外走。

江嘯剛一轉身，魯南叫住他：「對了，你跟這小子吃過飯嗎？他酒量怎麼樣？」幾分鐘後，監控室裡已經酒香瀰漫。魯南踹開監控室的門，架著爛醉如泥的盧星走出保全室。

確認四下無人後，魯南看了眼園區門口的方向。從監控室過去，大概還有個幾百公尺的距離，中間隔著一排排的倉庫、停車場、裝卸區。

與此同時，冉森到了田洋家樓下，從他妻子徐慧文那裡拿到了半瓶Edel+White旅行裝的小瓶漱口水。田洋有兩件外套一直放在社區門口的乾洗店沒取，徐慧文今早拿回了外套，就在口袋裡發現了那個。田洋是不用漱口水的，她自己用的也不是這個牌子。徐慧文想到李夢琪的事情，就覺得漱口水或許和她有關，於是叫來了冉森。

而在另一個城市，喬紹廷已經抵達津港機場的航廈。他看了航班時刻表，又看了手機上的時間，然後解鎖手機，撥給魯南。

魯南正架著盧星艱難地往園區外走，手機響了。

他吃力地掏出手機，接通電話。

那邊是喬紹廷：「航班已經落地了，陳曼隨時可能出來，怎麼他的家庭資訊還沒給我——除了那麼兩張模模糊糊的照片，我連他老婆正臉長什麼樣都不知道。」

「別著急，我已經安排人去和他的家屬接觸了。」

正說著，有電話打進來。魯南看了眼來電顯示，是冉森，他立刻對喬紹廷說：「消息過來了，我很快回給你。」

魯南掛斷喬紹廷的電話，接通冉森的電話：「他家屬那邊都什麼情況？」

冉森那邊頓了片刻：「魯法官，我剛從田洋的愛人徐慧文那裡拿到個東西，可能是個挺關鍵的物證，你看我是直接交給警方，還是由你轉給吳隊？」

魯南有點急了：「不是讓你去醫院協助喬隊嗎？你跑哪裡去了？」

「我現在正往那邊趕。你聽我說，魯法官……」

魯南罵了一句，掛斷電話，回撥給喬紹廷：「那邊行動沒跟上。我現在騰不出手處理，你隨機應變。南津總隊會監控行動，並為你提供支援。」

「知道了，我想辦法。」

「記住，安全是第一位的。如果情況不對勁，就立刻撤出來。」

「放心吧，就一個女的，情況再不對勁，她能把我怎麼樣？」

喬紹廷掛了電話，就看見一個瘦高的女人從出站口走了出來。她一身淺藍的牛仔服，盤著丸子頭，沒有一點碎髮，喬紹廷迄今還沒在芭蕾舞演出影片之外的任何場所看到過這樣光滑的盤髮。他調出手機裡存的監視器影像截圖，和眼前的人做了比對，確認那就是陳曼。

喬紹廷正準備上前，就看見陳曼的一公尺外還跟著一名高個子、戴墨鏡的健碩男人。那人警惕地左右張望，不讓出站的人潮離陳曼太近。

跟所有人想的都不一樣。陳曼並不是一個人，她還帶了個身形健碩的保鏢。

「你們這情報也太零散了……」喬紹廷有點傻眼。

超商門口的雜誌架旁邊，趙馨誠拿著一份週刊，正斜眼觀察著喬紹廷和周遭的狀況。他是娃娃臉，短下巴和大眼睛頗顯熱情和衝動，寸頭豎得齊整。為了監控行動，他試圖把自己打扮成趕飛機的社畜，但把襯衫撐得滿滿當當的一身肌肉，還不如偽裝成健身教練。

他注意到喬紹廷的微妙表情，也注意到陳曼的保鏢。這是意料外的變故，趙馨誠立刻致電吳涵。南津刑偵這邊，臉部偵查系統很快就篩查出這名保鏢叫周碩——雖說這並不能讓喬紹廷的處境變得安全。

少了些情報，多了名保鏢，喬紹廷深吸口氣，迎上前去：「陳總您好，我是德志所的喬紹廷，也是超岳所的隱名合夥人。岳律師出了一點意外，由我代替他接待您。」

6

打招呼時，喬紹廷打量著陳曼。陳曼是個普遍意義上的美人，但她的氣質讓人不會往美醜的方面去想。即便在這麼近的距離，喬紹廷也看不出陳曼的年紀，看不到陳曼臉上的毛孔或者任何瑕疵。她的五官過於標緻，因而產生了一種奇怪的精確感，就像是用什麼繪圖軟體做出來的模型，讓人所有的特質和觀感只剩下精確。

聽了喬紹廷的自我介紹，陳曼一愣，警惕而迅速地打量著眼前的人。數秒之後，她面色平靜地和喬紹廷握手：「有勞。志超出什麼事了？」

喬紹廷看看周圍熙熙攘攘的人流：「我們換個地方聊吧，正好我順便處理您交代的事。」

陳曼點頭：「還有差不多一個小時轉機，這周圍有沒有什麼能吃飯的地方？飛機餐實在有點倒胃口。」

「兩位隨我來。」喬紹廷無法把「陳曼」和「饑餓」兩個概念聯繫在一起，但還是在前面引路，帶兩個人往機場的停車場走。

報刊架旁，趙馨誠眼見喬紹廷領著陳曼和周碩走出接機大廳，邊跟上去邊對著對講機低聲說：「小金，把警車放在那邊，找輛民用車。」

喬紹廷領著陳曼和周碩到了停車場，走向薛冬的奧迪轎車。

「交通事故？」陳曼原地停住，看著喬紹廷。

「就在岳律師趕赴機場的路上，環城公路濱海那段路，剛下高架橋。」

「志超傷得怎麼樣？」

喬紹廷拉開車門：「多處骨折，還有嚴重的顱內損傷。命是救回來了，但現在在加護病房。」

陳曼輕輕嘆了口氣，喬紹廷沒感受到她有任何遺憾的情緒。

「周碩。」陳曼一指自己的保鏢，向喬紹廷介紹道。她坐上了副駕駛，那個叫周碩的則坐在喬紹廷的後方。

喬紹廷發動了車子：「商業中心離這裡很近，中餐還是西餐？」

「抓緊時間吧，速食就好。」

喬紹廷點頭，發動了車子。他從後照鏡裡瞟瞟陳曼，打開了音樂。陳曼側頭看向喬紹廷，一言不發。

喬紹廷把音樂關了。

趙馨誠和另一名便衣刑警走出停車場的入口，一輛計程車開來，停在他們身旁，開車的是同事金勇剛。刑警上了車，跟上了喬紹廷的車。

趙馨誠又向前走了一段，駕駛警車駛離停車場。

「沒必要大驚小怪，監控行動嘛，總會有各種計畫外的情況出現，喬紹廷是個老練的律師，他能應對。就算暴露了，我也想不出陳曼有什麼理由當場加害他。」盧星跪在一棟倉庫的牆邊狂吐不止，魯南接著吳涵的電話。在他看來，陳曼突然冒出來的保鏢不過是很平常的「意外」，何況緊張和焦慮只會干擾判斷，毫無助益。

從旁邊走過幾個裝卸工人，魯南閉上嘴巴，朝那幾個人揚起眉毛，又用下巴指了指盧星。那幾人看著盧星，打趣：「我靠，幾個菜啊？喝成這樣。」

魯南笑瞇瞇地朝他們擺了擺手，低頭看了眼盧星，嘴裏嘀咕著：「兄弟，你這酒量不行啊……」

裝卸工人走遠後，魯南抓著盧星的後脖頸處，把他拽起來，邊走邊對手機說：「我這邊還好，就是費點力。現在重心在津港，你們盯住那邊吧。」

在他和盧星的後方，走私集團的兩個人正要進倉庫，其中一個一側頭，看見盧星的背影，便叫住另外一人：「哎？那個是不是盧哥啊？」

另一人也朝這邊看了一眼，點頭：「還真是。」

說著，兩人就跟了上來，同時喊道：「哎，盧哥！」

魯南微微側頭，用餘光向後瞟了一眼，立刻架著盧星彎過倉庫，一躬身，把盧星扛在肩上，小跑著扎進一堆貨櫃群落中。

園區裡非常寂靜，沒有聲音，紅色、藍色、黃色，碩大的貨櫃像睡著的巨獸。繞過兩個貨櫃後，魯南聽到那兩名手下的腳步，顯然他們跟了過來。他看到旁邊有個開著櫃門的貨櫃，就把盧星放進貨櫃裡，關上門。他掏出手機，邊撥打電話邊往那兩人的方向走了幾步，故意讓他們看到自己的背影，吸引他們跟著自己。

魯南隱蔽在堆放著貨櫃的十字路口，其中一側的轉彎處。那兩名手下來到路口附近四處張望，似乎猶豫著該往哪個方向追。

魯南藏在貨櫃後，把手機塞進口袋裡，那兩名手下越來越靠近他躲藏的位置。魯南滿不在乎，做著上肢熱身，大不了就是動手。

突然，倉庫那邊有人喊話，是江嘯的聲音：「你和小偉在哪裡？這邊裝車的人手不夠，你們還偷懶！」

剛才跟蹤魯南的那人也扯起了嗓門，朝倉庫那邊說：「嘯哥，我們剛才好像看見盧哥了。」

「趕緊回來做事！」

「好好好！」

那兩個人匆匆離去。遠處，江嘯似乎朝魯南的方向瞟了一眼，魯南也不確定他跟江嘯到底有沒有交換上眼神。

魯南從貨櫃裡拉出盧星，架著他走出貨櫃區。園區出口處，江嘯正和剛才被他叫走的手下指揮一輛輛貨車駛出園區。剛才短暫的寂靜過去了，園區裡又變得人來人往。魯南知道，直接出去是不可能的了，他想了想，改變方向，走向裝卸區。

在裝卸區，正好有一輛成品車運輸拖掛車在裝貨，貨運司機依次將一輛輛小轎車開上拖掛的籠箱。魯南架著盧星來到附近，先蹲下隱蔽，等貨運司機將一輛小轎車開上籠箱的時候，他便扛起盧星往停放小轎車的方向跑。他跑到下一輛轎車的後方，打開後車廂，把盧星放進去，關上後車門，迅速離開。

過了一陣子，貨運司機走回來，開著這輛小轎車駛進了籠箱上層。

魯南從車頭走過，用手機拍下這輛貨車的車牌照片，發送出去，隨後撥通電話：「吳隊，車輛牌照號我發過去了，是一輛雙層籠車，運的轎車應該都是合法進口的，第二層第三輛車的後車廂裡是盧星。你們儘快在園區外的環線路口把車攔下來，以防他被自己的嘔吐物嗆死。讓救護車備一點納洛酮[4]什麼的，他是真喝多了……」

南津醫院的走廊裡，冉森拿著手機，卻撥不通魯南的電話，一臉沮喪地靠在牆邊。

喬紹言拿著兩個一次性紙杯走過來，把其中一杯水遞給冉森：「怎麼樣？那些訊息他們用得上嗎？」

冉森苦笑：「魯法官完全不接電話，我的資訊好像是失去時效了。我知道你們司法機關辦案或要開展什麼行動，是絕不能向我們這些體制外的人透露的。可有時候既不知道目標，也不瞭解進展，更無從猜測結果，就這樣被牽著鼻子來回轉，真的挺沮喪的。」

喬紹言安慰道：「就目前他們做的事來說，我知道的不比你更多，但不管是南津總隊

---

4 編註：用於逆轉藥物過量的安全藥物。

還是最高院，至少他們在努力爭取真相。盡量試著相信吧。」

冉森喝了口水，無奈地點點頭。

喬紹言掏出一瓶開羅理黴素，倒出兩片。看到冉森疑惑的目光，笑著解釋道：「之前留下了點病根。」

她看著手裡的藥片，糾結了幾秒鐘，似乎在鼓足勇氣，然後把藥片放進嘴裡，配著大半杯水吞下藥片，依舊差點對著杯子嘔吐出來。

喬紹言手撫胸口，把紙杯放在窗臺上：「我對苦味的耐受力實在是太差了。」說著，她看了眼走廊裡洗手間方向的標示牌，剛走出一步，又回頭問道：「你有漱口水嗎？」

冉森愣了一下：「沒有。」

喬紹言沒再說什麼，急匆匆地走向了洗手間。冉森看著她的背影，想到徐慧文之前給自己的也是一瓶漱口水，只不過那半瓶不能給她用。

機場高速上，趙馨誠駕駛著警車，隱隱能看見前方喬紹廷開的奧迪。他用對講機叮囑同事：「別跟太近，但也別跟丟了。」

金勇剛回話：「趙哥你放慢一點，我現在在後照鏡裡能看見你。」

趙馨誠立刻放緩車速，又從一旁拿起手機：「吳隊，他們現在應該是要去航廈旁邊的商業中心，我們一直都跟著。」

「航廈旁邊的……是嘉華商業中心嗎？」

「對。」

「從地圖上看，機場到那裡有段四公里的高速連接線，你們要格外留心，這種路段上最容易暴露。」

聽了吳涵的話，趙馨誠又將車速放慢了一些。

前方車裡，喬紹廷邊開車邊回想著魯南給自己的資料，跟陳曼聊著天：「他老婆一開始就不太搭理我，我也瞧不上她那一頭黃不溜丟的泡麵頭。話說回來，不是一家人，不進一家門，那貪小便宜的個性真是一模一樣。岳律戴的那塊百達翡麗其實就是個入門款。我找到瀋陽那邊的總代理，能給到他八折，他就是不肯買正品。一共差了不到兩萬塊，真行。哦對，他一天到晚別在身上那支淩美Dialog鋼筆還是從我這裡要的呢，你說他差那幾千塊錢嗎……」

陳曼邊聽邊手撫胸口，似乎有些不舒服，她朝喬紹廷擺擺手：「靠邊停一下，我有點暈車。」

喬紹廷見狀，忙打開雙閃，將車停在高速路邊的緊急停車帶上。

陳曼打開副駕的車門，扭頭望著外面，臉色沉了下來。

喬紹廷隱隱感覺到不對勁，但還是故作關切地問道：「你怎麼樣，陳總？」

陳曼側過頭，冷冷地看著喬紹廷：「喬律師，志超是在去機場的路上突發車禍的，送去醫院到現在都沒醒，他怎麼可能有機會把事情託付給你呢？」

喬紹廷一愣，正要開口說話，坐在他身後的周碩猛撲過來，幾乎是一瞬間，就用眼鏡鏈勒住了喬紹廷的脖頸。喬紹廷瞬間臉憋得通紅，眼珠向外凸，兩手胡亂抓著，一個字都說不出來了。

陳曼沒再理會他，把喬紹廷的包拿過來，翻看著裡面的東西。

片刻後，周碩低聲詢問：「曼姐？」

陳曼看都沒看喬紹廷，面無表情地下令道：「殺了他。」

第三章

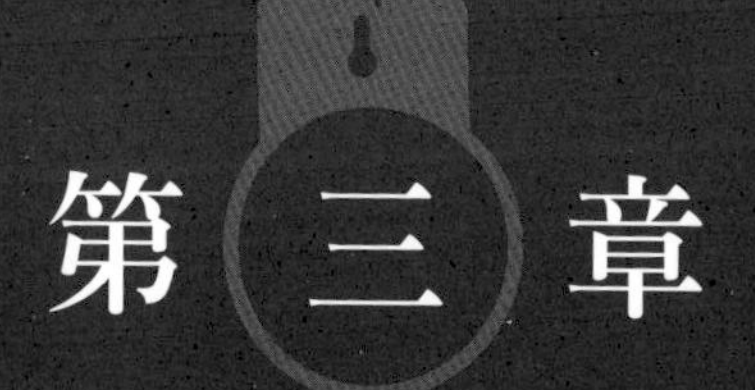

1

雨比一小時前下得更猛，天也黑了，山丘和天空的邊界愈發模糊，連成一片晦暗的影子。半個小時之前，他們聽到了另一次塌方，巨石滾落，砸出悶響，泥沙淌過他們腳下。

魯南左肩扛著劉白，右手舉槍。他的手指開始發僵，後背也失去知覺，這是失溫的表現。不過，比起自己，他更擔心劉白能不能撐住。他感覺不到劉白的體溫，行走中撞到劉白垂落的手臂，就像冰塊觸碰到鐵。

那對姓沈的雙胞胎兄弟走在三五公尺外，背銬換到了身前，打著手電筒。他們沒摘腳銬，步伐很慢，按這樣的速度，二十多公里恐怕要走三四個小時或者更久。魯南看著他們因寒冷而弓起的蝴蝶骨。

「兄弟，這麼走下去可不是辦法。你扛的那位弟兄，我看很難撐過去。」說話的是沈慶，雙胞胎裡的哥哥，他甫一開口，緩緩向前挪動的手電筒光暈就稍一停頓。

魯南沒有回話。光暈繼續往前，緩緩地。

「你們這些基層公務員真是挺不容易的，每月也就賺個幾千塊。我不是瞧不起你們賺得少，只是覺得這麼拚，這麼點報酬對你們不公平。」沈慶提高嗓門，故作輕快，彷若此刻他們正與魯南推杯換盞，已酒過三巡。

劉白發出模糊的呻吟，斷斷續續。魯南依然沉默著。

沈慶看向弟弟沈浩，交換了一個眼神，沈浩朝他點頭。魯南一言不發，沒有反駁，讓他們看到了希望。於是沈慶繼續說下去：「你這位兄弟要是救不回來，國家能補償多少錢？五萬？十萬？二十萬？不可能更多了。」

沈慶和沈浩同時放慢腳步。他們努力感受身後魯南的步調，感受他的呼吸，感受他的意圖。手電筒的光把雨水照成絲線，一道低矮的條狀黑影竄過路面，快得幾乎看不清楚，可能是一隻狐狸。

「五百萬。你和你那兄弟，一人五百萬。我看得出來你是仗義人，要說給你五百萬，讓你把同伴扔下不管，你肯定不願意。但你想沒想過，他要真沒撐過去，能給家裡人留下什麼？」

兄弟倆停下來，懷著憧憬，近乎虔誠：「放我們走吧，或者就當我們跑了你沒追著。三天之內，錢一定送到。你應該知道我們兄弟倆在道上是出了名的說到做到，而且這事你沒有什麼責任。哪怕就看眼下，沒我們倆這麼一步步地蹭，你還能走得快一點，你兄弟得救的希望也更大。你說呢？」

仍然是一片寂靜。魯南也停了下來，腳步聲消失了。

三人都沉默著，沈慶和沈浩不敢轉身，也不知道還能再說什麼。片刻過去，他們身後響起手槍上膛的「咔啦」一聲。

「繼續往前走。如果你們敢突然關掉手電筒，或是轉身拿燈光晃我，我就認定你們要逃跑。既然你們都誇我仗義了，那就提前跟你們兄弟倆知會一聲，就目前這個處境，我會跳過鳴槍示警的流程。」

鞋子拍擊地面的聲音重新響起，踩著雨水。

2

喬紹廷被周碩勒著脖子，憋得滿臉通紅，眼球外凸，如同瀕死的魚類。他的雙手在空中胡亂揮舞，碰落前置物臺的香薰擺件，柑橘味瀰漫。

腿腳，胯部，肩膀，喬紹廷拚命扭動身體的各個部位，卻都無濟於事。他看著兩輛轎車、四輛SUV和一輛大卡車從主幹道駛過，卻沒有任何一輛車裡的人注意到緊急停車帶上的動靜。

陳曼坐在副駕駛座，呼吸均勻，神色悠然，連一點餘光都沒留給喬紹廷。

當缺氧持續半分鐘以上，喬紹廷眼前出現了彩色的雪花，還有一些長了三條或者五條腿的動物，耳邊響起嗡嗡的聲音，真皮座椅變得忽軟忽硬。

陳曼從喬紹廷的包裡找出盒菸，拿了一根叼在嘴上，拍拍口袋，才發現自己沒帶打火機。

「哦對，在機場被沒收了。」她自言自語，朝周碩擺擺手，周碩把勒住喬紹廷脖子的鏈子鬆開了一點。

「有火嗎？」陳曼問。

喬紹廷揉著喉嚨，劇烈地咳嗽，雪花的顏色終於變淡了，他上氣不接下氣：「沒……我不抽菸，你聽我說……」

喬紹廷的急切和狼狽讓陳曼不耐煩，她撇撇嘴，又朝周碩一擺手。

喬紹廷脖子上的鏈子立刻又收緊了。

遠遠看著喬紹廷那輛奧迪打著雙閃靠邊，金勇剛有種不好的預感。趙馨誠出任務之前打聽過陳曼，照理說陳曼在南津活動，跟津港沒什麼交集，可按線人的說法，陳曼算得上是「業內知名」，津港的走私集團都知道她。他們忌憚她，一般不和她有生意往來，因為她做事太不擇手段，下手太狠。

喬紹廷要騙這種人，金勇剛替他捏了一把汗。

離那輛奧迪還有兩三百公尺，金勇剛放慢了車速，確保自己不會引人注目，又能看清車裡的狀況。

隔著玻璃，金勇剛看到喬紹廷被勒住脖子，死死貼在駕駛座的靠背上，陳曼滿不在乎地看向窗外，嘴裏還叼了根菸。

「糟了！」在他反應過來之前，計程車已經駛過喬紹廷的奧迪，繼續沿高速開了下去。

陳曼摁下中控臺上的點菸器，等點菸器預熱，又翻出喬紹廷的錢包，打開，裡面除了金融卡和票據，只有一張一家三口的合影。

「陳曼要勒死喬紹廷？」吳涵聽著通訊耳麥，變了臉色。陳曼太不按常理出牌了。

「頭車的弟兄親眼看到的，我現在離他們還有一公里，必須得出手干預！」趙馨誠駕駛著警車，踩下油門。

遊樂園的冰淇淋攤前，喬紹廷抱著四五歲的男孩，和一個女人並肩站著，笑得眼睛彎彎。這張照片跟喬紹廷此刻的掙扎一樣，黏糊糊的，令陳曼嫌棄。她把身體朝車門那側靠了靠，離喬紹廷更遠了些，說：「喊。」

「吳隊？吳隊？！」趙馨誠喊。

陳曼把錢包合上，扔向後座。

「開過去，不要管。」吳涵對趙馨誠說。

「什麼？！」

喬紹廷的喘息在變弱。他覺得有點睏，周遭的世界在褪色，變白。

「聽吳隊的，你別管。」魯南接起趙馨誠打來的電話，走向刑偵總隊的會議室。

「怎麼你也……他喬紹廷好歹是韓彬的合夥人！」

五百公尺。

陳曼抽著菸，抬手調整倒車鏡。喬紹廷的眼前，方向盤和儀錶板都慢慢地消失了。他看到一些不該在此地出現的人——中學時代的玩伴，他的妻子和孩子。他們有的隔著車窗朝他微笑，有的根本沒察覺到他的存在，正在左右張望，說著幾十年前的口頭禪。剛剛一片雪白的世界，漸漸變成紫色。

趙馨誠駕駛的警車正從後方開來，由遠及近。

「就算陳曼懷疑他，也沒必要非在津港殺個人。她是犯罪集團的首腦，不是什麼亡命徒，不會幹這種既沒有意義又主動暴露行蹤的蠢事。」

「你……你確定嗎？」

「不管確不確定，陳曼真想下手的話，等你趕到，姓喬的早就死了。」

陳曼死死盯著倒車鏡裡的警車。

趙馨誠一咬牙，踩下油門。

陳曼看著趙馨誠駕車呼嘯而過，久久沒有挪開目光。

喬紹廷的眼前完全黑了，在很遠的地方有一枚小小的光點，他猶豫著要不要走過去看看。

終於，陳曼目送警車的尾燈消失在視線，朝周碩點點頭。

周碩會意，鬆開了鏈子。

魯南的判斷是對的。就算趙馨誠真停了車，他也來不及救人，反倒會把喬紹廷害死。警車路過卻沒有盤問查看，讓陳曼對喬紹廷少了些懷疑。

喬紹廷眼前的光點消失了。

他癱在駕駛座上，急促地呼吸，血液、氧氣和關於岳志超的記憶，都慢慢回到了它們該在的地方。陳曼把菸頭扔出車外，撣了撣身上的煙灰：「給你一分鐘時間解釋。」

喬紹廷有點想吐，但現在不是時候。周碩沒有靠在椅背，而是維持著上半身前傾的姿態，瞟著陳曼。喬紹廷知道，只要自己一句話不對勁，周碩隨時能撲上來將氧氣再度奪走，這次恐怕還會更徹底些。

真不敢相信，就因為不想看同事在蒐集證據的時候和別人打情罵俏，自己會差點送命。喬紹廷吸了口氣，深感人世間因果之玄妙，同時暗暗問候了魯南的全家。他看向指尖，它們在恢復知覺。接下來不是武力的較量了，而是頭腦——掌控感回到喬紹廷的身體。

「蕪山那案子，你以為那兩人怎麼判的緩刑？」

陳曼想了想：「我怎麼記得，那事是志超親自去辦的？」

「沒錯，庭是他開的，可保釋是我打點的。沒有保釋，哪裡來的緩刑？這個你總該懂吧？」

陳曼眨眼：「我沒聽他提過。」

「你又不是我老闆，自然功勞都是他攬，我只要實惠。這類事多了，遠的不提，就說上個月在江州被扣的那批貨。九號出的事，過了一禮拜岳律才去處理，早上到，中午就回南津了，你以為這效率怎麼來的？之前一周我都在江州海關打點，才把那批保護動物的邊角料冒充成工藝品。」

燕山，江州，陳曼回想著，是很重要的兩單，喬紹廷對岳志超瞭解不淺。她回頭看了周碩一眼，點了點頭。

周碩終於把他的眼鏡鏈收了起來。

「你還是沒回答我，志超怎麼把事託付給你的？」

喬紹廷苦笑著搖搖頭，點了幾下手機螢幕，調出電子信箱，把手機遞給陳曼：「郵件裡有日期也有內容。哦對，落款那個『猴頭』是我私底下叫他的外號，但你可以看郵箱地址。」

喬紹廷確定，自己的神情能讓陳曼覺得繼續懷疑下去很傻，何況信件內容精心偽造過，時間能對上，資訊也都對。

「下午我跟他聯繫，正好是他出車禍的時候，救護車的人接了電話，還問我是不是家屬，我就知道他出事了。既然有託付在前，我肯定得先幫他把事辦了，等回頭去南津看他的時候，也好有個交代。」

喬紹廷說著，伸手想拿回手機，陳曼一縮手：「你們一直這樣……互相託付？」

喬紹廷嘆了口氣，滿懷理解，點點頭，把稍受委屈但堅強大度的「影子律師」形象扮演到了極致：「你點郵箱裡那個放大鏡的圖示，對，就是搜索，然後輸入岳律的郵箱，看看我們之間有過多少類似的往來。」

陳曼將信將疑地輸入岳志超的郵箱帳號，一整頁的郵件紀錄呈現在她面前。她點開其中幾封逐一查看，內容確實都是雙方的「互相託付」。有的案子是她的，還有至少一半的案子是她不知道的。

陳曼的神色慢慢放鬆下來，喬紹廷揉著脖子，不滿地碎念：「你們搞進出口的現在都這麼暴力嗎？信不過我，讓我滾蛋就是了，幹嘛勒脖子呀……」

陳曼看向周碩。周碩點點頭，似乎也對喬紹廷的說辭深信不疑。

3

「姓喬的還活著嗎？」魯南走進總隊的會議室。傅東宏跟吳涵之間的氣氛不大對勁，兩人都不看對方，傅東宏低垂著眉毛，憂心忡忡。

吳涵盯著眼前的通訊裝置：「在等海港支隊的現場彙報。那盧星怎麼喝成這樣？」

魯南抓抓頭：「嘖，這但凡有個菜，他也不至於……」

「你們這什麼計畫？！那個喬律師太冒險了！這陳曼真要害他怎麼辦？！」傅東宏聽不下去吳涵和魯南的打趣，乾脆站起來了。

魯南笑了：「行動又不是我們法院主導的。他喬紹廷於公算大義凜然，於私算兩肋插刀，您可著什麼急啊？」

「那你就能讓他送死？！」

「您放心，我沒有——就算真有送死的風險，我也是坐頭排的。」

傅東宏的臉色更難看了，重複著魯南的話，還冷笑了幾聲：「坐頭排，哼，你坐頭排。」

的確，魯南再怎麼「坐頭排」，現在也是喬紹廷在冒險。他們做的這些事本就遠遠超出死刑覆核的工作範疇，還讓一個事件之外的人因為他們的行動而生死未卜，簡直是在傅東宏的底線上跳舞。魯南賠著笑臉，湊到傅東宏面前，傅東宏又哼了一聲，轉頭去看窗外。

吳涵對通話裝置交代了幾句，對傅東宏和魯南說：「應該只是恐嚇式的試探。陳曼他們到嘉華商業中心了。」

傅東宏呆愣了好一會兒，才鬆了口氣：「還好沒事！」

「老傅，這次的計畫雖然倉促，但並不代表我們毫無準備。遠程有監控，現場有策應，我們蒐集了岳志超的所有個人和工作資訊，推演了陳曼各類詢問的應答方式，甚至偽造了喬律師和岳志超完整的網路通訊紀錄和電話通聯紀錄。跟你們一樣，刑偵也是技術工作，破案不是靠人命堆出來的，更用不著他喬紹廷大義凜然。」

傅東宏看看魯南，尷尬地笑了，危機解除之後，他也意識到自己有些反應過度。

魯南觀察著眼前的兩人。吳涵正拿著對講機，跟監控的刑警部署任務；傅東宏長出一口氣，揉了揉斜方肌，打電話向他的上級彙報最新的進展。吳涵在乎行動的成敗，在乎她手下上百人好幾年的付出；傅東宏在乎無辜者的生命，在乎喬紹廷不能因為這次行動而死，所以魯南總能看到他們因為焦慮而來回踱步，大聲說話，或者不停地深呼吸。執念讓人對最微小的細節也無比在意，對最不起眼的變故也橫生緊張。魯南欽佩他們的執著，此刻他忽然意識到，自己好像很久沒有這樣的時刻了。

嘉華中心開業時間還不長，播放著節奏輕快的音樂，好些工作人員穿著卡通人偶服走來走去，蹦蹦跳跳地發著傳單。喬紹廷一路拒絕了輕鬆熊、喜羊羊，還有一隻唐老鴨。陳曼就沒有這樣的煩惱，所有人都繞著她走。功夫熊貓可能是被頭套遮蔽了視線，沒看清陳曼的樣子，上前給陳曼遞了張「美甲開業大回饋」。陳曼也不說話，只是抬眼瞟了瞟那隻熊貓，熊貓立刻垂下爪子，退避三舍。

到了二樓的餐飲區，周碩率先走進了麥當勞。喬紹廷注意到，那是二樓唯一的半開放餐廳，離兩部電梯都很近，顧客也不多。進店之後，周碩左右張望，挑了一張靠門的桌子，一指，示意喬紹廷坐下。

點餐櫃檯就在幾步之外，陳曼和周碩一人要了一份套餐。陳曼回過頭，問喬紹廷：「你吃什麼？」

喬紹廷從包裡拿出筆記型電腦：「我不吃了，方便的話，幫我叫杯咖啡。普通的黑咖啡就行，不加糖。」

陳曼看著機臺，笑了：「志超也喜歡喝這個，是不是你們做律師的都喜歡喝咖啡？」

喬紹廷打開電腦：「不可能，那傢伙咖啡因過敏，好像茶鹼也過敏，我記得他不是喝水就是喝酒。」

陳曼沒看喬紹廷，瞬間收起了笑容，甚至看起來還有點掃興：「是嗎……」

「是，如果還有什麼想盤問的，您乾脆一次問個痛快，省得左一句右一句地試探。陳總，我現在得為您工作，到底能不能信得過我，您心裡最好有個底。」

陳曼不回答喬紹廷，盯著「新品推薦」看得投入。喬紹廷覺得，如果「騙取犯罪分子信任」這件事能跟軟體下載一樣有個進度條，那自己應該是往前跑了一截。

離速食店不遠的電梯口有家開放式書店，透過書架間的縫隙，趙馨誠監視著那三人的動向。

「他們現在進了一家速食店。我覺得不用太緊張，陳曼他們總不至於在這樣一個公共場所對喬紹廷下殺手。」趙馨誠對耳麥說話的當下，注意到斜對面的川菜館門口擺著一排貨架，賣原產地食材。有個長髮及肩的小夥子一直站在貨架前不動，既沒看向趙馨誠，也沒有看陳曼，但更沒在挑選眼前貨架上的特產。

「他的安全保障是你的事，我主要還是擔心他露出破綻，驚走陳曼。當然，也拜託你們兄弟幾個，千萬把握好策應的尺度，不到萬不得已，絕不要暴露身分。」

「吳隊您放心，我是當過『牧羊犬』的。別的不敢說，就監控和策應這類工作，我還從沒暴露過……」趙馨誠瞇起眼睛，看著那個小夥子，話沒說完，有人從身後一拍趙馨誠的肩膀：「哎？你怎麼在這裡？」

刑偵總隊院門口，拉布條的家屬總算收工回家了，魯南從冉森手上接過透明塑膠袋，裡面裝的是那半瓶漱口水。冉森有一堆問題要問——為什麼需要去醫院查核岳志超的資訊？魯南這幾個小時在做什麼？他們是不是在找陳曼？但他知道魯南肯定什麼都不會透露，所以乾脆不開口了。

「徐慧文給你的？」

「是，我當時就覺得搞不好能從上面提取到什麼證據，指紋或是DNA之類的……」

魯南拎起塑膠袋，觀察著：「你自己沒用手直接碰過吧？」

冉森搖頭：「畢竟也是做法律工作的，這種常識我有。」

魯南小心翼翼地把塑膠袋塞進口袋裡：「那我也跟你講講另外一個常識，就是證據來源。」

「我跟您說了，徐慧文是田洋的妻子……」

魯南打斷他：「她跟你說的，你就信？你有沒有走訪過那家乾洗店？有沒有找那裡的工作人員做詢證調查？有沒有核實田洋出差的時間和把衣服送洗的時間？」

冉森愣了：「可是……這些應該是我的工作嗎？」

「現在已經變成警察或我的工作了。你有沒有想過，自田洋被捕，從偵查階段到公訴階段，甚至到審判階段，這東西都沒出現，偏偏等到死刑覆核才由被告人家屬提供給你。即便徐慧文說的是真話，但怎麼那麼巧，這半瓶漱口水的來源恰好是警察取證範圍之外的一家乾洗店呢？」魯南發現自己的語速比平時要快一些，好像被會議室裡的吳涵和傅東宏傳染了似的。

冉森想了想：「您剛才說的那些，我都可以去查核，而且我相信徐慧文沒理由撒謊。如果她和李夢琪有關聯的話，田洋的案子順利通過死刑覆核，才是最好的結果。她沒必要在最後的節骨眼上，給出這麼個干擾項。」

「有道理，只是你並不知道徐慧文到底是哪一邊的。」

職業病。冉森心想。法官比律師的職業病還厲害，熱中懷疑，熱中探究，凡事都要多想幾步。

蕭闖和趙馨誠站在書店的貨架間，低聲交流來機場的緣由。趙馨誠從被蕭闖拍了那一下肩膀，眼皮就一直突突地跳。蕭闖說他來這裡是為了配合緝私局的抓捕，趙馨誠打了個小小的哈欠，這種各支隊輪流攤派的支援工作，大概過幾個星期就該輪到自己了。

「緝私局不是有自己的警察嗎？還需要我們配合抓捕？」為了不顯得突兀，趙馨誠拿起本書，卻看見書名是《死在這裡也不錯》，覺得很不吉利，便把書放了回去。

「還不是網撒得太大了，人手不夠嗎？廣西端了個證照偽造的窩點……」蕭闖說著，趙馨誠漫不經心地聽著，「一批偽造的報關檔案……放長線釣大魚……文書號都輸入了數位系統……」

趙馨誠越聽越不對勁。如果他沒記錯，陳曼跟喬紹廷接頭也是為了線上報關。如果他沒猜錯，幹走私的陳曼，也不太可能有合法的發票和報關文書。

「一旦有人使用其中的偽造檔，緝私那頭的警報就會響……ＩＰ定位……現場抓捕……」蕭闖沒察覺趙馨誠的異樣，繼續說自己的。

趙馨誠斷斷續續地捕捉著關鍵字，預感越發不祥：「廣西……是哪個窩點？」

「窩點？廣西賀州，是個集團，主犯叫王霖……之前在行動簡報裡不都跟你說了嗎……」吳涵很納悶，趙馨誠怎麼會在監控的緊要關頭來確認這種八竿子打不著的事。而魯南一進會議室，提著裝漱口水的塑膠袋還沒來得及說話，就看見吳涵焦急地站了起來。

「那就是說，一旦喬紹廷把那張偽造發票的號碼輸入線上報關系統，就會觸發緝私局的警報？！」

聽到吳涵的話，魯南也微微一愣。

他很快反應過來：「如果那張偽造的發票會在線上報關系統內觸發警報，別說喬紹廷，就算岳志超本人去了，不一樣得觸發嗎？陳曼他們也很清楚這張發票是假的，如果報關過不去，沒道理懷疑喬紹廷吧？」

「也許會懷疑，也許不會。但只要觸發警報，不管陳曼是被抓還是逃走，這邊的行動可就失敗了。」

「就算是跟緝私局聯繫，解除陳曼手裡那張發票的警報，也需要時間。」深呼吸後，魯南下了判斷，「眼下最要緊的，是把這個情況通知喬律師。」

速食店裡，喬紹廷對新變故渾然不覺，正在敲擊鍵盤。周碩從檔袋裡拿出幾張單據，遞給喬紹廷。

魯南把塑膠袋塞給吳涵，交代了物證的來由，急匆匆走出了會議室。他掏出手機，撥通喬紹廷的電話。雖然不知道和喬紹廷的默契能到哪步，但他相信，作為法官，總會有辦法和律師搭上話的。

4

速食店內，喬紹廷的電腦螢幕上是線上報關的頁面，他正在輸入資訊。周碩剛才給他的是張發票，他看了眼上面的號碼，剛要繼續敲擊鍵盤，手機響了，螢幕上顯示是「魯法官」。

喬紹廷想了幾秒，望向陳曼和周碩。

陳曼自顧自低頭吃著東西，而周碩有些警覺，瞇眼盯著喬紹廷看。

「我可以接個電話嗎？」

陳曼繼續咀嚼，像沒聽見一般，周碩見陳曼沒說什麼，也就繼續啃他的漢堡。

喬紹廷按下接聽鍵，陳曼還是低著頭：「麻煩喬律師開擴音吧。」

喬紹廷一臉大度，笑笑，打開擴音，把手機放在桌上：「喂？魯法官您好。」

「喬律師是吧，我是最高院刑五庭的魯南，之前跟你聯繫過，有印象嗎？」

「當然當然，我還存了您電話。您找我有什麼事嗎？」

「依據我們掌握的情況，《（2004）中刑初字第0105號刑事判決書》，也就是王博和雷小坤故意殺人案的死刑覆核，是不是你們所，或者乾脆說就是你已經拿到了兩名被告人的代理委託？」

魯南報的判決書號碼並不屬於王博和雷小坤的案子，喬紹廷立刻意識到事情有變，魯南在通過這個方式傳遞資訊。

喬紹廷默默記下「0105」這串數字，不動聲色，簡潔地回答：「是的。」

「由於案件已經進入死刑覆核階段，所以我有義務通知你，你們最好儘快確認具體的委託律師是誰，以免耽誤這個階段的代理工作。」

「我明白，您放心……」

「算我多嘴問一句，這個階段的代理律師是誰？總不可能是你吧？」

喬紹廷控制著自己不去看陳曼或者周碩：「這個指派還是由所裡最終決定……為什麼不能是我呢？」

「因為你好像因投訴被停止執業了。刑事辯護必須由正常執業的律師來擔任代理工作。你被吊扣執業證，還敢代理死刑覆核案件，恐怕會觸犯《律師和律師事務所違法行為處罰辦法》。鑒於你的執業經歷一直不怎麼清白，我還是特別提醒你一下。如果你對相關規定不瞭解，可以隨時來問我，但我不想看到你的名字出現在委託書上。」

聽到魯南在電話裡對喬紹廷的「評價」，陳曼和周碩對視一眼。而喬紹廷也捕捉到了魯南真正想說的話，就是那兩個字，「停止」。

喬紹廷想了想，故意裝出了語氣不悅的樣子：「魯法官，雖然我被停止執業，但這是有時限的，我的執業證很可能在死刑覆核期間就恢復了。而且，恕我不敬，您作為法官，用這種態度和措辭說話，不合適吧？」

「像你這樣的情況，停止執業至少三個月，你想爭取時間是很難的。至於我的態度和措辭，有意見你可以投訴我。」

不等喬紹廷回答，魯南就掛斷了電話。

爭取時間。

喬紹廷默默記了下來。

他朝陳曼擠出個苦笑，撇了撇嘴：「我們這行真心不好混，到哪裡都沒地位。」

與此同時，他左手悄悄地操作電腦，用Win+R指令調出控制臺，輸入一串代碼，敲下確認鍵。

趙馨誠拿著手機：「我看到了，他是把手機放到桌子上接聽的，應該是陳曼他們要求開擴音……你確定他能明白你想暗示什麼嗎……那他會去哪裡……不好說，我覺得那兩個人恐怕不會給他這種機會……需要我做什麼……明白了，我想辦法。」

趙馨誠對耳麥說：「小金，你過來一下。」

之前站在特產貨架前的小夥子到了商場服務臺的前面，正在和客服人員說話。趙馨誠看著他的背影，心想，這人是第二次在附近出現。

吳涵打了一大圈電話，風風火火回到會議室，就見傅東宏兩手叉腰，瞪著魯南：「就這辦法？」

魯南聳肩：「只要喬紹廷稍微機靈一點，這辦法就行得通。」

吳涵沒吭聲，站在一旁。

「你這裡面有太多不確定的因素了。喬律師能不能正確領會你的暗示？即便領會了，他能不能像你想的那樣臨場應變？海港警方現場的配合能不能到位？喬律師和海港警方提供的現場配合能不能形成默契……這些環節是你無法控制的。魯南，制定和實施一個計畫……」傅東宏越說語速越快，倒是很像魯南剛才在總隊門口拋出一連串問題給冉森的樣子。

「總會有意外的。」魯南笑笑，「解決意外的唯一辦法就是隨機應變。可控的部分靠自己，不可控的部分……靠信任吧。」

傅東宏看著魯南，不知道想起了什麼，忽然就失去了吵架的氣勢。他盯著魯南看了會兒，嘆了口氣：「你啊……」

兩人都沉默了。吳涵開了口：「那就是說，你信得過喬紹廷？」

魯南也不知道自己對喬紹廷有沒有上升到「信任」這個等級。他語氣輕鬆，繞開了話題：「那傢伙至少求生欲挺強的。你向上級彙報過了？」

「和緝私那邊協商需要時間。」

「大概需要多久？喬紹廷不可能一直拖下去。」

吳涵走到會議桌旁，苦笑：「別說一直拖下去了，我甚至想不出來他能怎麼拖過現在這一刻。」

如喬紹廷所願，電腦出現了藍屏，可這之後要做什麼，喬紹廷一無所知。他得知道魯南的計畫，得把陳曼報關的訊息告訴魯南。魯南沒告訴他陳曼的身分，也沒透露行動目標，但看過案卷又見到陳曼本人，喬紹廷大致能猜到，陳曼是個走私集團首腦，而他自己參與了抓捕行動中的一環。既然是抓捕行動，那附近就該有監控的警察，要想辦法和他們說上話才行。喬紹廷思索著，故意一臉煩躁：「我靠，怎麼死當了……」

陳曼瞥了眼螢幕，沒說話。

「我重開機一下，很快的。」喬紹廷按下電源鍵，站起身，拿起手機，「正好去一下洗手間。」

喬紹廷認為自己表現得很自然，可陳曼瞟了眼周碩，周碩就立刻也站起身：「正好我也要去，一起吧。」

喬紹廷一愣。

周碩上前一步，拿過喬紹廷的手機放到桌上，直視他的眼睛，吐字緩慢：「上廁所的時候玩手機不好。」

喬紹廷笑笑，放下手機，和周碩並肩走向洗手間，六神無主。就算附近真有警察，周碩這樣貼身跟隨，傳遞資訊的希望也十分渺茫。這下要是露出馬腳，也不知道自己能不能在陳曼他們下手之前獲救……魯南沒有告訴他現場有人配合，十有八九是為了刺激他的腎上腺素，讓他超水準發揮，但萬一周圍根本沒有支援呢？畢竟剛才在高速停車帶上，自己差點被勒死也沒人出手……他跟魯南只有一面之緣，剛才那個電話已經算配合得相當默契了，難道接下來他只能靠祈禱渡過難關了？

喬紹廷的每一步都走得無比沉重。

洗手間門口，周碩上前一步推開門。哪怕裡面真有魯南的人，喬紹廷也不可能有機會和那人說一句話。喬紹廷在心裡長嘆口氣，預設這趟洗手間是白來了。

就在此時，金勇剛趁著周碩進門巡視的空擋，從旁邊的雜物間裡閃了出來，迅速從喬紹廷身後經過，目不斜視，卻把一部手機塞進喬紹廷的衣服口袋。

喬紹廷感覺到自己的口袋一墜，剛才還懸在半空的心臟，也伴隨這個微小的重量回到原位。他微微一愣，悄悄一摸口袋，看都沒看金勇剛的背影，就隨周碩進了洗手間。

進去之後，周碩直接走向小便池，喬紹廷則進了隔間。哪怕只有三分鐘也足夠了。喬紹廷無聲地呼出長長的一口氣，從口袋裡掏出了手機，手機殼上畫著兩根綠色的香蕉，旁邊還寫著「不要蕉綠」。喬紹廷哭笑不得。

伴隨廁所隔間裡的沖水聲，喬紹廷開門走了出來，周碩就在衛生間洗手臺旁等著。喬紹廷繼續扮演著無奈的被監視者，邊洗手邊苦笑：「早知道剛才就邀請你一起了，還能有人陪我聊個天。」

周碩沒理會他，走到他剛才出來的隔間門口，往裡掃視一圈，沒發現有什麼異常，就隨喬紹廷離開了。

兩人剛走，金勇剛和趙馨誠就進了洗手間。他們逐間檢查，在喬紹廷待過的那個隔間，趙馨誠先是檢查了衛生紙的捲筒，又掀起水箱蓋，最後端起地上的垃圾桶。

垃圾桶下面藏著金勇剛塞給喬紹廷的那部手機。斷開的線被重新接上，停滯在原地的時鐘，又滴滴答答地走了起來。

「魯法官，有訊息進來了。」刑警敲擊著鍵盤，對魯南道。

魯南拿起手機：「小趙他們還是挺厲害的，喬紹廷留下的手機既有通訊紀錄，也是個留言板。」

說著，他把那條資訊給刑警看：「照這上面編排的去做，假網頁偽造好了嗎？」

「差不多了。但我們怎麼才能讓那個喬律師點進這個連結裡呢？」

「他之前是用什麼方法登錄的線上報關網頁？」

「電子信箱。」

「是我們掌握的那個信箱嗎？」

刑警點點頭。

「那就把連結掛到郵件裡發給他，冒充海關的自動回覆郵件。」

「那……他能看出來是我們發給他的嗎？」

「沒問題，給郵件加個數字編號就行。」

部署完郵件的事，魯南撥通電話：「是我……現在有急事，傅庭讓我轉達一項工作，需要你還有巡迴法庭的弟兄們一起幫忙……」

喬紹廷回到速食店，筆記型電腦已經重開機了，他輸入開機密碼，右下角跳出個資訊框：「新郵件，寄件方：中國海關」。喬紹廷點開郵件，郵件標題是「自動回覆0105」。

喬紹廷想起剛才魯南來電話時故意報的那一串判決書編號，鬆了口氣，心裡有了譜。

「系統檢測您在報關過程中意外退出，請您重新登錄網站，並進入報關頁面填寫資訊，或點擊下方連結，直接進入報關頁面。」坐在旁邊的陳曼瞥了眼郵件內容，也沒懷疑。

喬紹廷點擊連結，網頁上跳出由警方偽造的報關頁面。他重新開始輸入資訊。

周碩在一旁看了眼時間，跟陳曼低聲耳語了兩句。

陳曼問喬紹廷：「大概還需要多長時間？」

「十到十五分鐘，應該很快。」

恰好此時，陳曼的手機響了。陳曼看了眼來電顯示，接通電話，離開座位。

5

田洋家的客廳沒有開燈，徐慧文坐在沙發上，用黑莓機接著電話：「田洋他……也是沒辦法的事。我還沒跟孩子說，等回頭一切都安定下來吧……」

正說著，傳來敲門聲。她打開門，一個素未謀面的女人站在門口，穿著員警制服。徐慧文想了想，對手機說：「媽，我這邊有點事，回頭再跟您說。」

門口的人是喬紹言。或許是因為喬紹廷捲入其中，她想再多努把力，又或許是對徐慧文有了新的懷疑，她從案卷裡尋到了田洋家的地址，便找了過來。

徐慧文掛斷電話，有些疑惑，打量著眼前的人：「您是……」

「您是田洋的愛人吧？」喬紹言說著，觀察眼前的女人。徐慧文四十歲出頭，不高不矮，穿著樸素，沒有化妝而稍顯憔悴，是在人群中存在感不會很強的類型。

兩人坐在客廳，徐慧文開了燈，給喬紹言倒了杯水。喬紹言端著水杯，默默觀察客廳的擺設。

徐慧文在沙發遠端坐下，神情有點不安：「您找我有什麼事嗎？」

「您聽過李夢琪這個名字嗎？」

徐慧文點頭：「從冉律師那裡聽到過。」

「您和田洋結婚六年多，如果他生活中真的有這麼一個交往頻繁的女性，您多少總會有所覺察吧？」

「也不好說。當時孩子還念國中，我既得上班，又得照顧他的功課……不過老田這個人，反正這些年給我的感覺還算本分。有一點懶，有一點虛榮，有一點大男子主義，都是些很常見的毛病，但要說在外面包個二奶、養個小三什麼的……我不知道，至少我覺得沒有。」

「也許他隱藏得比較好。」

徐慧文苦笑：「老田他……不是什麼能藏事的人……吧？」

喬紹言轉移了話題：「他公司主要是做什麼業務的，你瞭解嗎？」

徐慧文想了想：「進出口食品啊，好像是給超市供貨什麼的，他有時候還會把一些新進的零食帶回來給孩子吃。」

「聽口音，你好像也不是本地人。老家哪裡的？」

「雲南的。雲南晉寧，小地方。」

「你平時都用什麼護膚品？」喬紹言忽然換了個話題。

徐慧文愣了一下：「啊？」

「我看你保養得挺好的。」

徐慧文笑了：「什麼牌子都有吧，就那些亂七八糟的……」

「能帶我參觀一下嗎？」

喬紹言和徐慧文站在洗手間裡，喬紹言的目光掃過徐慧文的護膚品，辨認著品牌，其中一種就是LA PRAIRIE。喬紹言想起物證裡的「從江州到南津，感謝你的不離不棄」，那個眼霜也是這個牌子。

徐慧文在一旁解釋道：「我給冉律師那個漱口水的時候，他還問是不是老田或者我自己用的牌子。老田根本不用漱口水，你看我，我都是用比那氏的。」

喬紹言聽完，沒說什麼，不動聲色地隨徐慧文走出洗手間。

徐慧文指指房間：「還有管護手霜，我放床頭了。」

喬紹言跟在徐慧文身後到了一個小房間的門口，她站在屋門口往裡看，發現這間屋裡只有張單人床，牆上貼著籃球運動員的海報，而床頭櫃和床上則放著睡衣、T恤，還有幾片蒸汽眼罩以及那管護手霜。

喬紹言看向隔壁房間，那個房間面積更大，牆上還掛著田洋和徐慧文的結婚照，顯然是主臥。

徐慧文覺察到喬紹言的疑惑，解釋道：「孩子出國念書之後，有時候我嫌老田打呼太吵，就會在這間睡。」

喬紹言點點頭。

徐慧文把她送到門口，喬紹言說：「我們互相留個電話吧，有什麼情況我也方便和您隨時聯繫。」

徐慧文掏出手機：「好的，您跟我說號碼，我回撥給您。」

喬紹言注意到，徐慧文此時手裡拿的是部三星手機。

6

報關頁面上「審核未通過」的提示框彈出的時候，喬紹廷其實一點都不意外，卻做出一臉意外的樣子，湊近了看螢幕。

通過那部「不要蕉綠」，陳曼報關用的各項文件和編號都已經給到魯南，魯南那邊的最新情況也全都同步完畢，接下來的步驟，他跟魯南都在洗手間商量好了。「臨時黃金搭檔」，喬紹廷心情不錯，默默給魯南跟自己蓋上個章。

陳曼則眼角低垂，心情明顯地多雲轉陰。

喬紹廷把電腦螢幕轉向陳曼那一側，不解地問道：「你們的外包裝木箱沒有ＩＰＰＣ標識[5]？」

陳曼愣了一下，看了看電腦顯示的彈窗，嘴裡念叨著：「不應該吧……」

「木箱包裝必須符合國際檢疫標準這事，我就不用解釋了吧，你們也應該知道。如果沒有標識，提前通知我啊。」

周碩忙起身走到一旁，撥打電話確認。陳曼嘴裡念著「是不是搞錯了」，罕見地說了沒用的話。喬紹廷可以想見，如果事情敗露，陳曼會氣成什麼樣子。他和魯南的計畫，就像拿著一根羽毛試探一隻饑餓的老虎，風險不小。

喬紹廷擺出一副專業解決問題的樣子，問：「這批貨的卸貨港在哪裡？」

「西平港。」

喬紹廷拿起手機撥號：「我趕緊找人現場核對一下。」

陳曼笑了，隨口說道：「你不會是找宗飛的人吧？」

喬紹廷微微一怔：「宗飛？」

他沒有想到會在這裡聽到宗飛的名字，那正是他此刻在找的人，讓他焦頭爛額、自顧不暇的案子，最需要找的證人就是宗飛。

陳曼有點疑惑，看著他：「西平港那邊不是宗飛做主嗎，你不知道？」

不知為什麼，捕捉到喬紹廷的異樣，陳曼好像忘記了自己報關的困難，又精神了起來。她瞇著眼睛打量喬紹廷，好像聞到肉味的狼。喬紹廷飛速地權衡了片刻，從陳曼這裡

5　編註：為國際通用的標識，用於識別符合IPPC標準的木質包裝，表示該包裝已經過檢疫標準處理。

套到宗飛更多訊息，還是穩妥地把眼前的事情繼續下去。幾乎是半秒鐘的時間，他就做出了決定。

「我不是不知道，我不理解的是，由我或岳律師經手的所有工作，都是為了將您的業務變得合法，或哪怕只是看起來合法，而不是跟那些社會邊緣人扯上關係。」

陳曼想了想，擺擺手，有些失望的樣子。她看向周碩的背影，周碩正一邊打電話一邊來回踱步。

喬紹廷撥了個電話，打開擴音，放在桌上。

那邊是個粗獷的聲音：「喬律，什麼事？」

喬紹廷問：「金義，你現在在西平港嗎？」

「嘿，我這剛從西平港出來。沒事，我能往回返。怎麼了？」

「你趕緊回去幫我確認一批到港貨物，可能其中有部分木質包裝箱沒有ＩＰＰＣ標識。」

「晚一點可以嗎？我先去拿個東西……」

「恐怕不行，這件事非常著急。你要是不方便，我就找別人。」

「沒事沒事，那我現在立刻回去。你把貨號發給我吧。」

「好的，那你費心。」

喬紹廷掛斷電話，給金義發去了貨號。

「你找的這個人，可靠嗎？」

「陳總，我們這是合法生意，可不可靠，都不存在風險。」

光頭、鬍子、墨鏡，喬紹廷回想起金義的標誌性三件套，心裡暗暗發笑。魯南一說要有人在西平港打個配合，拖延時間，喬紹廷就立刻想到了金義。就像他自己不需要知道事情的全貌也願意幫魯南；金義也一樣，不需要知道事情的全貌，就能幫他。他跟金義，魯南跟他，好像都對對方有種奇怪的信任。這種信任不由認識時間的長短決定，更像是嗅到了某種氣息。

想到這個，喬紹廷更安心了一些。

「金義又是誰？現在牽扯的人越來越多了，你別忘了整個行動是要保密的。」

「沒人知道這次行動的內容和目的，包括喬紹廷，他們每個人只知道自己要完成的任務。」魯南回答著吳涵的問話，所想和喬紹廷一模一樣。剛才吳涵的提問，他也有答案了——他信任喬紹廷。有的人朝夕相處，卻永遠不會熟悉；有的人一面之緣，卻可以託付彼此。

魯南的手機響了，他看了眼來電顯示，接通電話：「我現在正忙，有什麼事等一下再說……」

冉森坐在車裡，急匆匆地說：「等一下，魯法官，您聽我說。我正在田洋他們家旁邊的洗衣店附近，本想著聽您的來查核一下徐慧文發現物證的那番陳述，沒想到……您猜我在這裡看見誰了？」

說著，冉森透過車窗，望向馬路對面的洗衣店。

洗衣店裡，竟然是喬紹言在詢問店員。

魯南一愣：「她怎麼在那裡？你別離開，我現在過去。」

周碩低聲向陳曼彙報，說木箱應該都做好了標識，但說不準他們底下的工人有所疏忽。陳曼不耐煩地擺擺手，扭頭問喬紹廷：「不管發貨那邊到底有沒有失誤，這事現在怎麼處理？」

喬紹廷正把手機上金義發來的幾張照片給陳曼看：「你看，不是木箱，是木箱下面的防潮架。」

陳曼掃了眼照片：「我是問你，該怎麼辦？」

「如果只是有個別缺標，我可以讓他們偷偷換，但現在看來太多了，恐怕得找檢疫人員來現場檢疫後，給這些防潮架打上ＩＰＰＣ標識，才能順利過關。」

不等陳曼再說什麼，喬紹廷把筆記型電腦轉過來，指了指上面的地圖導航頁面：「離西平港最近的檢疫機構只有幾分鐘車程，我可以安排人立刻就去。」

陳曼看了眼時間：「就算你找到檢疫人員，帶他們去港口完成檢疫，打上標識，我這邊可能也趕不及……這麼說吧，是不是需要我改機票？」

喬紹廷問：「您是必須親自確認這批貨物過關嗎？」

陳曼點了下頭。

喬紹廷撥通了金義的電話：「那我讓他們抓緊時間。」

西平港碼頭，金義邊從貨船上往下走邊對手機說：「好的喬律，那我現在就過去。最快也得一兩個小時才能完成檢疫吧……哦哦哦，那我明白了。放心，出入境檢驗檢疫局我有熟人，等一下我看看到底是哪個檢疫員……明白了。」

金義掛斷電話，隨手向旁邊的貨船船主打了個招呼：「多謝啊，老胡，沒事了沒事了。」

跟在他身旁的一名手下問他：「義哥，我們現在去哪裡？」

「去離這裡最近的那個西平檢疫站。」

「然後呢？」

「請檢疫員過來檢疫防潮架啊。」

「那批貨的防潮架都有標識啊，我們不是在老胡的船上拍了幾張假照片嗎……檢疫員過來，檢疫什麼呀？」

「我哪知道檢疫什麼。之前喬律給我發資訊，把安排都說清楚了。他怎麼說，我就怎麼做，其餘的都用不用我們操心。喬律是我見過的最聰明的人，他計畫好的事，照著辦就是了。」

說著，金義和手下上了一輛轎車，駛離碼頭。

冉森正隔著車窗的玻璃盯著對面的洗衣店，副駕駛門被拉開，魯南上了車，嚇了冉森一跳。

不等冉森開口，魯南搶先問道：「喬隊怎麼會跑到這家洗衣店？你在醫院的時候，對她講過那瓶漱口水的來龍去脈？」

冉森搖頭：「沒有，我一個字也沒提過。」

魯南探身，望著馬路對面的洗衣店。喬紹言走了出來，打著電話，攔了輛計程車。

魯南繫上副駕駛座的安全帶，對冉森說：「跟著她。」

冉森驅車調了個頭，跟上了喬紹言乘坐的那輛計程車。

他邊開車邊問魯南：「魯法官，您不能直接去問她嗎？」

魯南若有所思：「想問什麼時候都能問，這事不急。」

冉森一臉莫名其妙：「那我們為什麼要跟著她？」

「我也不知道。看看她後面會去哪裡，也許就有答案了。」

說著，魯南不經意間瞟了眼後照鏡，發現後面有一輛紅色的ＢＭＷ轎車似乎在跟著他們。

喬紹廷的手機響了，是金義打來的視訊電話。

喬紹廷看了眼陳曼，陳曼點頭，他接通電話，開著擴音。

畫面裡，金義站在檢疫站旁，他調轉畫面，給出檢疫站門上貼著法院封條的畫面：

「喬律，不知道為什麼，檢疫站這邊貼著法院封條呢，沒開門。」

這是魯南拜託了巡迴庭的法官幫忙。

喬紹廷故作驚訝：「法院封檢疫站幹嘛？」

「我也不知道啊，這事也沒地方問。」

喬紹廷顯出非常不耐煩的神態：「你先別掛，等一下。」

他拿起筆記型電腦，搜索地址，隨後把電腦螢幕轉向陳曼：「陳總，除了這裡之外，還有兩個離港口比較近的檢疫點，路程也差不多。您看，讓他們去哪裡？」

陳曼深吸了口氣，平靜地說道：「都可以，抓緊時間吧。」

喬紹廷點點頭，吩咐金義：「那就別在這裡耽誤時間了，我查了還有另外兩個離這裡比較近的檢疫站……」

陳曼冷眼看著喬紹廷，朝周碩使了個眼色。電腦死當藍屏、報關不通過、檢疫站被法院查封，都是和喬紹廷無關的變故，可是今天的變故未免也太多了些。

周碩掏出手機，開始在網上搜索關於喬紹廷的個人資訊。

喬紹言邊講電話，邊走進了電信大樓。

「金義他們走了嗎……好，那就把封條撤了吧。感謝一下檢疫站的同仁們配合工作，也幫我謝謝巡迴法庭的弟兄，剩下的我回頭再跟你解釋。辛苦了。」魯南坐著冉森的車一路跟了過來，邊掛斷電話，邊瞥了眼後照鏡，後面跟著他們的ＢＭＷ也停在了路旁。

冉森問：「那現在怎麼辦？等著她？」

「你在車裡等我。我進去看看。」

說完，魯南推門下車，走向電信大樓。

「等於說，你們偽造了假的報關網頁，喬紹廷又通過津港警方的手機安排了假的木箱包裝照片，魯南還讓方媛和巡迴法庭的人假裝查封了離港口最近的檢疫站。你們這一連串做局的套路可沒一個是真的，陳曼但凡拆穿任何一處漏洞……」會議室裡，傅東宏聽著吳涵和魯南的行動計畫，眉頭緊皺。

吳涵接過話頭：「津港的警察就會現場實施抓捕。最壞的情況我已經想過了，底線是無論如何不能讓陳曼再逃走。」

正在這時，會議室的門開了，一名刑警跑進來，對吳涵說道：「吳隊，上級那邊已經完成交涉了，海關在幾分鐘內就會給陳曼那張假發票的發票號開綠燈。」

吳涵情不自禁地拍了下手。

傅東宏在一旁說道：「這倒是個好消息，但怎麼通知那個喬律師呢？」

說話間，吳涵已經拿起手機撥號：「這個簡單。」

周碩把手機遞給陳曼，陳曼瀏覽著螢幕。德志律師事務所合夥人；「十佳律師」；因為王博和雷小坤的案子及被牽扯進鄒亮的死，被警方羈押審查……都是喬紹廷的資訊。他們兩人雖然都沒有看向喬紹廷，但坐在一旁的喬紹廷似乎感受到了陳曼和周碩對自己的猜疑，有些不安。

這時，金勇剛走進速食店，一路接聽著電話，到收銀台點餐。

喬紹廷一眼就注意到金勇剛用的也是畫著綠色香蕉的手機殼，還寫著「不要蕉綠」。

喬紹廷意識到，這是在現場配合自己的人之一。

金勇剛點完東西，付了款，拿著打包的速食邊往外走邊繼續講電話，經過喬紹廷等人身旁時，他對手機說：「都搞定了，放心放心，肯定過得去。」

喬紹廷會意。

就在這時，他自己的手機也響了。

金義說：「喬律，我已經到了，現在就拉著檢疫員回港。」

「來不及的，這麼折騰，再怎麼樣也得幾個小時。你不是在出入境檢驗檢疫局有人嗎？不要讓他們去現場檢疫了，就在這裡搞定。」

說著，喬紹廷看了眼陳曼。陳曼似乎很認可，點了下頭。

「就在這裡搞定？喬律，這玩笑就開大了。連過場都不走，人家怎麼給你出手續啊？這可不是花錢的事——」

喬紹廷打斷他：「這就是花錢的事。幾個破箱子，看花多少錢罷了。」

金義愣了愣：「可是……」

喬紹廷說：「給你五分鐘打通關節。」

喬紹廷掛斷電話，朝陳曼苦笑了一下：「改機票挺貴的，我可不想破壞您的行程。」

電信公司經理將警官證遞還給喬紹言：「您說的情況我都明白，但要做進一步查詢，我們需要您提供客戶有可能涉案的相關資料，以及您所在單位開具的介紹信或調查函。您應該也明白，這些年越來越重視對通訊隱私的保護，我們是有規定的……」

喬紹言接過警官證，點了點頭，起身和經理握手道別。

走出辦公室，她看到營業大廳等候座椅上坐著的魯南。

喬紹言有些驚訝：「你……」

魯南搶先發問：「我先說——你怎麼會在這裡？」

喬紹廷的手機響起提示，是金義發來的短信，他看了一眼，對陳曼說：「搞定了。」

隨後，他打開線上報關頁面，邊對照著手機資訊裡顯示的內容填寫資訊邊說：「趕緊報關通過，別耽誤了您的飛機，對岳律師那邊，我也算不負所託。」

陳曼不冷不熱地說道：「沒想到這次報關這麼麻煩。不過從你的應變來看，我能理解志超為什麼會跟你合作了。」

喬紹廷裝作不好意思，笑著擺擺手。他已經填完報關資訊，正點擊提交線上報關。

陳曼在一旁繼續說道：「我記得在來的路上，你說，上個月在江州被扣的那批貨，是通過你打點才順利通關的……」

說著，陳曼把周碩的手機顯示頁面給喬紹廷看，上面正是喬紹廷因為鄒亮的死被羈押審查的新聞。

陳曼冷冷地盯著他。

喬紹廷看到手機頁面，臉上的笑容逐漸消失。

與此同時，報關頁面突然跳出彈窗，顯示審核仍然未通過。

陳曼瞥了眼電腦上的資訊彈窗，周碩站起身，走到喬紹廷身後。

「你在看守所被關了一個多月，剛出來不到一個禮拜。那上個月，你是怎麼去的江州呢？」

第四章

1

那輛金杯汽車出現在一片漆黑之中，當時魯南已經對寒冷和暴雨麻木。沒有路燈的省道路段還有四公里，距離救助站要八公里起跳。平日裡魯南計算過，他走一公里大概是一千四百步，如今揹著劉白，步距縮短至少三分之一。上次和沈氏兄弟說話之後，他們走了九千多步。劉白在六千多步時清醒了不到半分鐘，對魯南說：「太他媽的冷了。」魯南回答：「可不是嘛。」四肢跟軀幹斷開，像冬天的樹枝。半個小時之前，對講機發出一陣「刺啦刺啦」，然後徹底沒了聲響，魯南已經失去和外界唯一的聯繫管道。

「原地蹲下！」魯南向沈慶和沈浩發出命令，小心翼翼地把劉白放到地上。他站到省道中間，朝來車拚命揮手。魯南都快忘了，世上還有雨水和手電筒之外的事物，還有傷患和重刑犯之外的人類。

那輛車停了下來，遠光燈晃得魯南睜不開眼。隨著車門打開的聲音，有兩個人下了車，其中一個朝著魯南喊道：「是魯警官嗎？」

魯南一手放在額頭遮擋著燈光，另一手舉起槍：「把遠光關了！」

「魯警官，我們是鄉鎮救助站的！走到半路正好碰上鄉鎮委員會的車……」

「先把遠光關了！」

魯南抬高嗓門。山體被強光瓦解為微小的粒子。人影成了粗細不勻的線。

遠光燈關閉。周遭褪色為暗淡的灰黑，只剩手電筒和車頭燈小小的光暈，車兩旁走來的男子都穿黑色的雨衣，看不清面孔。半路上碰上鎮委會的車？魯南低頭看著他們沒有泥水痕跡的皮鞋，但沒立刻提醒他們已經露出破綻。

「救助站的？」魯南上前兩步，站到沈慶和沈浩的身後。

「對，我姓馬，是救助站的衛生員。」來人要跟魯南握手。魯南沒動，站在原地看他。

姓馬的偏頭，看躺在地上的劉白：「那位就是受傷的同志吧？小曹，快把他抬上車！」

隨著他的指示，另一名黑雨衣繞過魯南，直奔躺著的劉白。魯南面前，姓馬的仍然伸著手。魯南槍交左手，右手與他交握。

「不好意思，我們來晚了，路實在是不好走。」

「你們衛生員要抬傷患，不該用摺疊擔架嗎？」

「哦，我們出來的時候沒車，帶擔架不方便……」姓馬的愣了一下，說話間沒鬆開魯南。

魯南低頭看握住自己的手，那隻手力氣很大，像鉗子，隱隱發力。魯南抬頭，姓馬的努力迎上他的眼神，甚至擠出個笑容。從他發抖的眉骨，嘴角難看的弧度中，魯南看到心虛和殘暴同時浮現。沈氏兄弟的呼吸在變重、變慢，他們的肩膀不自覺地起伏。

「都沒問我他受的什麼傷，就過去抬人，太業餘了吧。」魯南的聲音很輕，像小小的石頭拋在空中。

這麼漏洞百出的謊言。

幾人僵在原地，呼吸聲也停住。魯南一腳將姓馬的踹翻在地，回身舉槍。小曹把手伸進雨衣，摸索著什麼東西，被魯南一槍擊倒。隨著他倒地，一支手槍從雨衣裡掉了出來。沈慶聽到槍聲，雙腿蓄力，想趁亂起身纏鬥。魯南回過頭，用手槍握柄重重地砸上他的腦袋，把他打倒在地。

「都別動！」魯南用槍指著三人，慢慢地後退到小曹身旁。他把槍撿起來，收在身上，又伸手探向小曹的頸動脈，確認他已被擊斃。為了保險起見，魯南還伸手進雨衣摸了一圈，沒有其他凶器。沈慶雙手撐地，顫顫巍巍地恢復了跪姿。他的兄弟抱著頭，一動都不敢動。

最後，魯南舉槍來到姓馬的面前，把他翻了個身，用膝蓋頂在他的後腰，掏出手銬。魯南邊銬他邊對沈氏兄弟說：「你們兩個，去把我的同事抬到車上。」

那具屍體仰躺在地上，雨衣散開，像折斷翅膀的巨鳥。

2

嘉華中心播放著「上班時間還有半小時結束」的提示，麥當勞則依舊播放著歡快的促銷廣告，人聲的交錯之中，喬紹廷和陳曼沉默著對視。周碩離開座位，站在喬紹廷的身後。又搞脅迫威壓那套？喬紹廷想。此時魯南部署的招數已經悉數完成，報關也快要通過，在喬紹廷看來，陳曼額頭簡直就貼著「氣數已盡」、「大勢已去」、「苟延殘喘」。

但戲還是要陪著演下去的。喬紹廷側頭瞟向周碩，無奈地嘆了口氣，對陳曼道：「有些事情，最好您別問，也省得我瞎說。您總不會讓他就在這裡勒我脖子吧？」

「喬律師誤會了，他是在考慮要不要趕緊走。」陳曼還不知道自己的處境，抱著上臂，一臉玩味地盯著喬紹廷，像隻察覺不到獵槍瞄準鏡的老虎。

「走？去哪裡？」

「去晨曦花園，或者和光醫院，奧佳幼稚園也行。」

這三個地方，分別是喬紹廷父親的住處、妻子的工作單位和兒子的幼稚園。

果然，脅迫威壓。無法在公共場所取人性命，就要禍及家人。喬紹廷幾乎要為陳曼匱乏的創意而嘆息。何況在洗手間看到魯南的留言時，喬紹廷就粗略地估算過，周遭監控的員警至少有四個，陳曼的威脅根本不可能成真。孩童在五六歲時，互相取難聽的綽號，叫個不停，為的是看哪個軟蛋先哭出來，陳曼還以為自己有資格玩這樣的遊戲。

雖然十分清楚眼下的局勢，喬紹廷還是配合地表現出適度的憤怒，冷笑一聲，面露慍色：「陳總，你這就……」

「別急著翻臉嘛，回答我的問題。」陳曼對喬紹廷的反應很是滿意，安撫式地拍了拍喬紹廷的手。

「既然二位剛才已經查過我了，沒查到我有一個親姊姊嗎？」喬紹廷深吸一口氣，似乎十分不情願透露這個資訊。

陳曼愣了愣。

「不錯，上個月我是在看守所，但我姊喬紹言是江州刑偵總隊的副隊長兼政治委員。還需要繼續解釋嗎？」喬紹廷說著，把臉轉向一旁，還嘆了口氣。

陳曼抬眼看向周碩。周碩立刻搜索了喬紹言的個人情況介紹，把手機遞給陳曼。陳曼一行行地掃過去，將信將疑道：「這上面可沒說她有你這麼個弟弟。」

喬紹廷拿起自己的手機，打開撥號通訊錄，找到了標註為「姊姊」的電話，直接撥通，打開擴音。來電答鈴過後，一個男聲傳了過來：「喂？」

陳曼無從知道，那個號碼的擁有者並不是真正的喬紹言，而是魯南。檢疫標識出問題的時候，陳曼起疑，讓周碩上網搜索喬紹廷的個人資訊，喬紹廷就從兩人的眼神交換中感受到了氣氛不對。出於直覺，他把通訊錄裡的「魯法官」改成了「姊姊」。

而喬紹廷也無從知道，此刻魯南真的跟喬紹言在一起。當時他們在電信大廈，魯南正質問喬紹言怎麼會來這裡，喬紹言則不客氣地反問：「你是在跟蹤我嗎？」魯南剛要回答，喬紹廷的電話就進來了。

人總該相信巧合。

喬紹廷的電話打斷了魯南和喬紹言的對峙，魯南盯著手機螢幕，疑惑地嘟囔：「他怎麼打過來了？」喬紹言看到來電顯示上的名字，也是一臉驚訝，望向魯南。

魯南猶豫幾秒，向喬紹言比了個「噓」的手勢，接通電話，含含糊糊地說：「喂？」

「哎？姊夫，怎麼是你接的，我姊呢？」電話那頭，喬紹廷似乎感到困惑。

「姊夫」二字一出，魯南立刻意識到這電話是打給陳曼聽的，而陳曼聽過「魯法官」的聲音。思及此，魯南粗著嗓子，瞬間換上一口東北腔：「你姊牽狗呢，我這不擱代收點給她取包裹呢嗎！你真會挑時候，我這兒正要掃碼……」

魯南迅速進入角色，甚至把「取包裹」說成了「糗包裹」。說罷他一捂電話聽筒，壓低聲音，語速飛快地對喬紹言說：「我是你老公，我們兩個下樓買菜，喬紹廷現在被挾制，不管他說什麼，想辦法幫他圓過去。」

不等喬紹言做出任何反應，魯南就鬆開聽筒，繼續表演：「哎，紹廷電話，你先接一下。」

說著，他把手機遞給喬紹言，朝她擺手，示意她趕緊開口。喬紹言畢竟是經驗豐富的警察，呆愣片刻便做出語態自然的樣子：「紹廷啊，怎麼了？」

「你先把牠給我，我帶牠遛一圈。哎對，你問問他那葡萄咱爹收著沒有啊……」魯南的聲音在電話那頭漸行漸遠，效果十分逼真。

喬紹廷傻了。他很有信心，「姊夫」肯定能找到合理的說法解釋姊姊不能接聽電話，但他萬萬沒想到，姊姊會真的和「姊夫」身處一地。喬紹廷心中暗驚，一瞬間有不少猜測，卻怎麼都想不明白原委。他控制自己表情如常，確保陳曼不會看出破綻：「哎？我們喬大隊長沒在上班啊？」

「一三五，我上夜班你忘了？」

「哦哦，日子過糊塗了。那葡萄爸收著了，好吃是真好吃，就是有點太甜。我看那上面寫的原產地還是智利什麼的，挺貴的吧？跟姊夫說，下次別買那麼多了，我現在也控制爸吃甜的。」

「哦，說起來，爸最近身體怎麼樣？」

喬紹言的語氣依舊自然，而喬紹廷的神情變得微妙。他一時間不確定這是為了演出效果，還是喬紹言真心想要知道。

喬紹廷笑笑：「就還那樣。人不安分，愛發牢騷，總嫌我照顧得這裡不好那裡不對的。我有時候故意跟他杠，這女兒不回來，有兒子盡孝，他該知足才對。」

聽到喬紹廷的暗諷，魯南就感覺自己的存在非常多餘。喬紹言先是一臉愧疚，幾乎要嘆出口氣，隨後就抬眼瞪他，好像在指責他窺探隱私。魯南朝她攤手聳肩，一臉無辜，努力表示聽到這種家庭內部關係細節絕對非他所願。這些肢體動作的澄清收效甚微，喬紹言還是立刻伸手往魯南身後的方向一指，斥責道：「你怎麼這麼快就回來了？再帶牠遛一圈去！」

魯南翻了個白眼，往旁邊走了幾步。

「是我不好……」喬紹言壓低了聲音，語氣十分傷感。

「唉，唉，你這不也是總隊的工作忙，脫不開身……」電話那頭，喬紹廷大概也沒想到氛圍會瞬間陷入沉重，連忙緩頰。

喬紹言苦笑：「有些事，無論拿什麼都不能當藉口。我對不起爸，也對不起你。」

喬紹廷愣住了，他開始後悔，就算的確不滿，也不該在這時候出言嘲諷。從小就是這樣，他喜歡惡作劇，而姊姊容易當真。七八歲的時候，他告訴喬紹言樹上的毛毛蟲最喜歡紅色，喬紹言就一個夏天都沒穿最喜歡的紅色裙子。

喬紹廷有些不好意思，瞥了眼陳曼。陳曼聽了喬紹言的真情告白，也是略帶尷尬，轉開眼神。

「你看我還在這裡瞎抬槓！不說這些了，姊，我是想跟你問一下，上個月我託人找你幫忙去海關處理的那批貨，你還有印象嗎？」

「那批貨？什麼貨？」

喬紹廷微微一驚。陳曼立即警惕起來，冷冷盯著喬紹廷。

空氣凝固幾秒。喬紹言自然地接話道：「你上個月不就是托那個姓岳的律師過來報關嗎？」

聽到這裡，陳曼的表情緩和下來，喬紹廷也暗自鬆了口氣。

電信大廈裡，喬紹言邊打電話，邊默讀魯南寫在紙上的內容：岳志超律師，走私國家保護動物，通過你弟打點，冒充工藝品報關。

「那事情不都處理妥當了嗎？我記得最後是按工藝品報的。」她把這些片語轉化成了自然而然的日常聊天，魯南朝她連連點頭。

「啊是是是，要是沒你幫忙，不就報不過去了嗎？是這樣，岳律師最近還要去趟江州，說讓我幫著問一下海關那邊你是找的誰，他想連你帶海關那邊的朋友一併表達表達感謝。」

「什麼海關？你別亂說，我囑咐過你多少次，別在電話裡胡說八道。」

「哦哦哦，我明白。可岳律師他……」

「他要來了江州，你讓他直接跟我聯繫就可以，有什麼事見面再說。」

喬紹言的表現可謂是超水準發揮，增加可信度，還避開進一步訊息核實。陳曼輕輕合了下眼皮，示意喬紹廷「考驗通過」。喬紹廷立刻進入了收尾環節：「那好，姊，我讓他到了之後直接給你打電話。」

「好。」

「那先這樣……」

眼看著那邊快掛斷電話，喬紹言連忙對手機說：「哎，紹廷！」

「啊？」

「你……你多保重。」

魯南看看喬紹言，又識相地走開幾步。

「哦，放心吧。」

「幫我給弟媳和孩子問個好。」

「好的好的。那就先這樣……」

「你跟爸說，我一有時間就和你姊夫回去看他。」

電話那頭沉默了幾秒，隨即，喬紹廷不冷不熱地說：「不用，你那邊忙，不用總掛記這邊。拜拜啊，姊。」

不等喬紹言再說什麼，那邊就掛斷了電話。喬紹言盯著手機愣神數秒，又去尋找魯南的身影。這次，魯南站得遠遠地，看向空無一物的走廊盡頭，給她留足空間。

速食店裡，喬紹廷放下手機，努力驅散那通結束語帶來的複雜感受，理直氣壯地抬頭看著陳曼。周碩已經回到座位，還一臉友好地拍了拍喬紹廷的肩膀，彷彿數分鐘前要去走親訪友的另有其人。

陳曼訕笑，指了指電腦螢幕上的「報關未通過」彈窗：「看來你姊辦事要比你可靠。」

「這有時候是系統問題，你見過哪個官網好用的？」喬紹廷說著，又點擊了一次提交，系統顯示申報成功。很快，周碩的手機也收到提示，「報關通過」。他朝陳曼點頭，陳曼朝喬紹廷點頭。商場開始播放「明天再見」的閉店廣播。

一旁的開放式書店內，趙馨誠看著喬紹廷收起筆記型電腦，和陳曼、周碩一起走下電梯，也長舒了口氣。他對耳麥彙報道：「吳隊，喬律師那邊應該搞定了。他們正去停車場，應該是送陳曼趕飛機。」他的餘光注意到喬紹廷的身後，半長頭髮的年輕人依然不遠不近地跟著。

不管他是什麼來頭，此時此刻也撲騰不出什麼水花了——大不了就是動手。趙馨誠輕輕吹聲口哨，跟上那一行人。

總之，順利過關。

3

電信大廈內，魯南盯著公告欄的「本月標兵」和「服務規範」，看得津津有味，直到喬紹言走過來把手機遞給他：「你是不是把我弟捲進什麼危險的情況裡了？」

「我找他幫忙，他是自願的。你是他姊，應該很瞭解他。」魯南實話實說。當初喬紹廷連緣由都沒問就答應幫忙，除去對魯南本人的信任，當然跟他不安分的性格脫不了關係。

見喬紹言低頭不語，魯南猜是那句「應該很瞭解」刺痛了她。或許恰恰相反，喬紹言對現在的喬紹廷毫無瞭解。

理性清晰，外柔內剛，這是魯南在短短幾小時的相處中，對喬紹言形成的印象。如今她卻垂著肩膀，兩眼放空，久久地不說話。

喬紹言的樣子實在沮喪，魯南猜，她說出來或許會好受些，所以他罕見地越過日常邊界，多問了一句：「家庭關係不睦這部分，鍋不能我揹。他是不滿你總不回津港看你父親嗎？」

「他不滿的是我母親從病危到過世我都沒回去。而且對我不滿的不只是他一個人。」

「原因我就不問了，但不管是不是理虧，你總可以主動回去看看吧。」

「幾年前我回去過，從頭到尾，紹廷一句話都沒跟我說。」

「那你父親呢？」

喬紹言更顯悵然，嘆了口氣：「他甚至都沒正眼看過我——真是親父子。」

魯南苦笑。人們總是自以為堅強，可以應對危險的工作和迷宮般的人際關係，可以穿越風暴，擊退猛獸。可實際上他們脆弱無比，在所愛之人失望疏離的眼神中，一擊即潰，無法自處。

「你跟他們解釋過嗎？」

「我沒辦法解釋。」

「是沒的可解釋，還是不能解釋？」

魯南又逼近一步。這回喬紹言不接招了，她迅速整理好心情，朝魯南笑笑：「別再問了，該你回答我的問題了。」

「沒錯，我是跟蹤你到這兒的，但你來這裡來做什麼？看，你還得繼續回答問題。」

喬紹廷來電之前的局面繼續。

喬紹言一言不發，盯著魯南。一旦離開討論家人的感性範疇，她就變回了之前總隊會議室裡的那個人，能跟強悍的吳涵針鋒相對，肩背挺直，絲毫不輸。

吳涵的電話適時地進來，打破了沉默。魯南看著眼前再度穿上鎧甲的喬紹言，求生欲發作，將喬紹言的臨場發揮大大誇獎一通。不僅如此，他還在吳涵和喬紹言之間打了圓場。掛上電話，他又向喬紹言解釋吳涵的敵意並不是敵意，只不過是對保密範圍十分敏感。

「你不需要在吳涵那邊幫我說好話。」片刻之後，喬紹言的語氣緩和了一些。在那之前，魯南簡直擔心自己會因為刺探喬家祕密而遭到滅口。

清了清喉嚨，喬紹言開始講述她在徐慧文家的發現。

「我的猜測未必準確，可我現在懷疑，徐慧文知道李夢琪的下落。」喬紹言一開口，就是個重磅炸彈。

喬紹言找到的疑點一共有三個。

首先，徐慧文用的護膚品裡有LA PRAIRIE的面霜。田洋轎車後車廂那個禮盒裡，是同一個品牌的眼霜。

其次，田洋和徐慧文是分房住的。他們兒子的房間裡，床頭櫃和床上都放了不少女性衣物和用品。能讓一對夫妻分房睡覺卻不離婚也不分居的，除了多年的恩情、怕麻煩、不想改變生活習慣這些慣常理由，還有共同的利益和祕密。

再次，也是最重要的，喬紹言進門時徐慧文在打電話，用的是一部黑莓機，臨走互留電話時，她卻掏出了一部三星。

「你不是說她孩子去國外念書了嗎？說不定那部手機是……」

「年輕人用黑莓機，還是很不常見吧。」

說話間，兩人走出電信大廈。魯南回身望向大樓招牌，明白過來：「你是想來查她的通訊紀錄。」

「沒錯，而且這部分超出了我的許可權。所以說，不管你問不問，我都需要找你和吳隊幫忙。」

喬紹言說完，定定地看著魯南，等待他的判斷。

誠如喬紹言所說，徐慧文有不少可疑之處。強光和漆黑一樣會干擾視線，太過合理的身分，似乎讓徐慧文成了調查中的盲區。魯南甚至懷疑，倘若李夢琪改頭換面成為田洋的妻子，是否也能瞞天過海。

想到這裡，魯南加快了腳步，朝喬紹言擺擺手，示意她一起上冉森的車。他邊撥打電話，邊急匆匆對冉森說道：「趕緊回總隊。」

馬路對面那輛跟蹤他們而來的紅色BMW已經開走，不見蹤影。

津港機場的出發口人來人往，趙馨誠斜靠著欄杆，監視著喬紹廷和陳曼、周碩握手告別，站好最後一班崗。他看那兩人通過了安檢門，走向登機口，將眼前的進展通過耳麥彙報給吳涵。吳涵的聲音透著前所未有的喜悅，趙馨誠也覺得肩膀輕盈不少。

通訊結束之後，趙馨誠忽然注意到，那個半長頭髮的年輕人也在安檢處排隊。他努努嘴巴，想了想，朝不遠處的金勇剛遞了個眼神。金勇剛立刻會意，朝那個年輕人的方向靠近。

就在金勇剛越來越接近他的時候，那個年輕人突然扭頭望向趙馨誠，用手指敲了敲自己的耳朵，露出藏在髮間的通訊耳麥，又朝趙馨誠做了個拱手致謝的動作。

趙馨誠明白過來，這是吳涵派來的南津總隊警察。他沒想到，監控支援行動的背後，居然還有一層支援行動。趙馨誠笑了，對通訊耳麥說：「沒事了，小金，收隊。」

至此，趙馨誠和喬紹廷部分的行動全部結束。

4

冉森的車在南津刑偵總隊門口停下，魯南下車，繞到駕駛座車窗一側：「你稍等一下，我們進去跟吳隊說，讓總隊的人把你帶進去。」

冉森有些意外，有些驚喜，甚至有些感動：「我終於不是工具人了？」

「既然牽扯到徐慧文和她讓你轉交的物證，好歹你得做個筆錄。」

看冉森笑容凝固後露出哭笑不得的表情，魯南在心中默念「習慣就好」，和喬紹言一起走向刑偵總隊大院。剛走出沒幾步，魯南就接到了喬紹廷打來的電話。這次喬紹言沒看到來電顯示，朝魯南打了個手勢，先行一步。

魯南放慢腳步走進院門，接起電話剛要開口，喬紹廷就搶先說道：「魯法官，幫你一次忙，我得少活十年。」

魯南笑瞇瞇地面對喬紹廷的搶白：「我一開始就告訴過你，存在一定的風險⋯⋯」

「那我們對『一定』或是『風險』的理解差異還挺大的。」喬紹廷的語氣就複雜得多，有劫後餘生的慶幸，大難不死的愉快，還有一絲若有若無的狡猾。

雖然欽佩喬紹廷的應變，也感激他的仗義，但魯南以多年和律師交手的經驗判斷，喬紹廷這時候立刻打來電話，目的恐怕有些可疑。他飛速盤算了一下喬紹廷可能提的要求，又思考在不越界的情況下自己能為他做到哪一步，然後痛快地答道：「不好意思，這次算我欠你人情。」

「不用。那兩個人，你們會逮捕的，對吧？」

魯南本以為喬紹廷的要求大體不會離開那個死刑覆核案的範疇，此話一出，魯南反而搞不明白喬紹廷的意圖了。斟酌片刻之後，他小心翼翼地說：「我們法院並沒有權力逮捕任何人。」

「得了吧，你顯然是摻和到警方的監控行動裡了。我不知道你在這裡面扮演什麼角色，但在嘉華中心給我遞手機的，還有老在附近晃悠的一個半長頭髮的小夥子顯然都是警察。我就問你，是不是會把這兩人抓起來？」機場高速上，喬紹廷開著車，對打開擴音的手機說。

「不出意外，再有一個多小時，他們就歸案了。」

「那就好。把這兩人繩之以法，我們就兩不相欠。」

「為什麼？」

「因為他們一言不合就要把我勒死。」

「呃……聽上去倒也合理，可就有那麼點公報私仇的味道。」

「也不完全是，一言不合就下毒手，怎麼看都不會是好人吧。」

「總之非常感謝，也很抱歉讓你冒了這麼大險。」這麼看來喬紹廷是真的別無所圖，僅僅出於良好市民的正義感來電——魯南為之前的想法愧疚了幾秒，準備掛斷電話。

就在此時，喬紹廷又開口道：「哦對，還有個事。」

「你說。」真不愧是律師。魯南按「結束通話」的手指停在半空，差一點沒憋住笑。

「剛才電話裡確實是我姊，行動是她們隊主導的嗎？」

「不是。」

可喬紹廷接下來說的，超出魯南的預判。

「那你別再把她牽扯進來。」

魯南原本正走向辦公樓，聽到喬紹廷的話，停下腳步，笑了出來：「你是怕她有危險？我還以為你們關係並不好呢。這個你放心吧。再說了，她是警察，本就是專門——」

喬紹廷打斷他：「沒錯，我們關係是不好，那你也別把她牽扯進來。」

沒等魯南再說什麼，電話被掛斷了。

這回還真是以小人之心度君子之腹，魯南坦蕩地想著，在心裡對喬紹廷認了個錯。他饒有興致地看著手機。這個喬紹廷，跟喬紹言本人直接說話的時候冷嘲熱諷，現在又打電話過來叮囑，他對姊姊的在意，恐怕比他自己能覺察到的還要再多些。

此時喬紹言恰好從辦公樓裡出來，魯南剛想跟她說些什麼，就看見她身後還跟著吳涵和傅東宏。幾人在魯南身旁停下。吳涵向身旁的刑警指了指門口：「去把冉律師帶進去做筆錄。」

她又對魯南道：「喬隊都告訴我了，替我感謝津港的喬律師。」

最後，她轉向傅東宏：「你的人應變非常不錯，但我還是認為，他應該待在隊裡，直到津港那邊行動結束。」

「要是留在隊裡，剛才喬律師電話打過來，我就只能冒充你老公了。」魯南瞟了眼傅東宏，用眼神傳達自己的疑問——謝完喬紹廷，不該輪到他魯南嗎？

傅東宏無奈地朝他撇嘴，用眼神回答——不要妄想。

吳涵轉身，盯著魯南：「我以前是不是真的見過你？挺久以前了，好像是司法員警的立功表揚會，有個法警在押運過程中猝遇突發事件……不過我記得上臺的那個人比你黑，也比你瘦，而且沒戴眼鏡。」

聽到這話，傅東宏意味深長地去看魯南的反應。喬紹言雖不清楚內情，但也感覺出吳涵意有所指，看向魯南。

「我也希望當年你看到立功受獎的那個人是我。」三人的目光下，魯南嘿嘿一樂，沒承認也沒否認，打得一手好太極。

答謝寒暄環節到此結束，吳涵立刻說回案情：「陳曼那邊算告一段落了，據津港警方和我的人近距離觀察，陳曼應該不是李夢琪。從你們的調查來看，似乎是覺得徐慧文有問題，她的通聯紀錄我已經派人去查了。不過我可以很確定地告訴你，徐慧文也不會是李夢琪。」

「確定？」魯南問。

「案件調查伊始，為加快效率，所有涉案人的ＤＮＡ，包括凶器上那個身分不明的ＤＮＡ，我們都和田洋周圍的所有人進行過交叉比對。南津總隊篩查了斯塔瑞公司的全部員工，我們隊負責篩查田洋的親友，這裡面自然有徐慧文。不管她現在有什麼嫌疑，她肯定不是李夢琪。」喬紹言接過吳涵的話，看來魯南剛才的圓場也並不是毫無用處。

「那……徐慧文或是田洋家有沒有一輛紅色的ＢＭＷ？」魯南不死心地追問。

「沒有。田洋的車都被查封了，徐慧文之前開的那輛ＭＩＮＩ也是田洋名下的。」

「剛才有輛紅色ＢＭＷ一直跟蹤我們到電信大廈。不過無所謂了，既然她不是李夢琪，我就也查不出什麼。我可以跟你們說個大概的嫌疑方向，你們繼續往下追。」

魯南說著，轉向傅東宏：「長官，我晚上九點多的車，能不能……」

傅東宏宛如吳涵附體，把幫忙當本分：「你不許走，留在這裡配合吳隊工作。」

魯南非常洩氣，自己又沒線索繼續追查，還有什麼工作能配合的？

吳涵可能和魯南想的一樣，略一思考：「等冉律師的筆錄做完，要是沒什麼意外情況，你和老傅該走就走吧。」

說著，她看了眼傅東宏：「你們差點搞砸了我們的行動，但也是你們彌補了抓捕計畫的漏洞，而且還發現了徐慧文身上的疑點，謝謝你們幫忙。」

這答謝不但來得晚，還要提魯南闖的禍。吳涵可能認為，當面直接說出「謝」字，小行星會撞向地球。正當魯南暗自在心裡嘀咕時，吳涵朝他伸出了手：「我個人也很感謝你。」

他和老傅不是僅僅「彌補計畫漏洞」嗎？魯南懶得深想，禮節性地和吳涵握了握手。

「傅庭，我能不能去交通隊做個筆錄……」

「你先別走。」傅東宏正跟吳涵往辦公樓走，一回身，否決了這個提議。魯南翻了翻白眼，朝喬紹言苦笑。

喬紹言一指魯南左眉骨傷口的ＯＫ蹦：「你該換補丁了。」

刑偵總隊茶水間裡，魯南在流理臺前扯掉ＯＫ蹦，彎腰清洗傷口。

喬紹言在一旁看著：「看來，你之於吳隊和冉律師之於你差不多。」

「蛤？工具人？」魯南直截了當。他還以為喬紹言是良心發現才關心他的傷勢，沒想到是來探討人生意義的。

喬紹言笑了，因為魯南的不掩飾。

「被人當工具使，也沒什麼不好，至少我沒什麼意見。」

喬紹言拿出新的ＯＫ蹦遞給魯南，有些驚訝：「你沒意見？」

魯南謝過喬紹言，撕開ＯＫ蹦，笨拙地往眉骨上貼：「我不知道對於你們來講辦案抓人算什麼，反正我是當工作。」

喬紹言洗著手：「只是工作？當然我不是說什麼天天要想著匡扶正義之類的，那就太矯情了，但我們至少是在維護法律吧？」

魯南半天沒貼準地方，乾脆放下ＯＫ蹦，用手指在眉毛上摩挲，確認傷口位置：

「是，沒錯，維護法律也是種工作嘛。做好一份工作，有信仰加持自然更好，但如果沒給信仰充值的話，盡責就足夠了。」

喬紹言洗完手用紙巾擦乾，又掏出護手霜抹了抹，一系列的動作完成後，她一扭頭看到魯南還沒貼上OK蹦，就上前拿過OK蹦說：「我幫你吧。」

她湊近魯南的左側眉骨，幫他貼上：「你說得也對，只要有足夠的責任心，一樣能立功受獎。」

魯南沒接話。立功受獎他不在乎，當工具人他也不在乎，就是一份工作而已。抓捕陳曼，揪出徐慧文，他覺得自己這趟工作也差不多了。倒是這次，吳涵、傅東宏、江嘯，乃至喬紹言，他們立場各異，卻都有在乎的東西，而且都異常執著，這點給他留下的印象比較深刻。

魯南如此想著，神經放鬆下來，聞到喬紹言手上護手霜的味道：「你抹的什麼？挺香啊。」

喬紹言笑了：「就是雪花膏的味道，我還挺喜歡這種……怎麼講，『古早味』的。」

「喬隊，好歹我是給你弟當過幾分鐘姊夫的人，有兩句話不知道該不該講。」

喬紹言白了他一眼：「你最好別說。」

魯南愣了愣：「那好吧，我只說一句——他挺掛念你的。」

喬紹言呆愣片刻，神情變得複雜，可她剛要說話，魯南的手機就響了。

魯南接通電話：「吳隊？」

吳涵正和幾名刑警急匆匆地走出辦公大樓，刑警各自跑開去召集警員，準備警車。

「查到徐慧文的通訊紀錄了，那部黑莓機用的是她兒子名下的號碼，她剛才打給陳曼了！」

徐慧文和陳曼有聯繫。結合喬紹言之前給的資訊，此刻的魯南，竟然並不十分驚訝。

他朝喬紹言揮了揮手，拿著手機，匆匆走出茶水間。

5

刑偵總隊院門口停了十幾輛警車，燈光在夜色中閃爍，四五十名整裝待發的刑警站在車邊，似乎就等吳涵一聲令下。這熱鬧的一幕看得魯南恍惚，這一整天總隊都靜悄悄的，他都不知道吳涵從哪裡一下召集了這麼多人。

魯南一過來，吳涵立刻向他確認紅色BMW的型號和車牌。魯南點頭：「是一輛325，後面沒有L，大概是老款。」

吳涵對一眾刑警說道：「你們都聽到了，除了A組和B組之外，其他人去找這輛車。我們已經聯合交管部門從監控裡排查，有任何消息更新，都會第一時間通知你們。行動吧。」

刑警們駕車駛出了刑偵總隊。光點迅速變少，不到五分鐘的時間，院內又重回安靜。魯南則跟著吳涵往辦公樓的方向走：「這徐慧文是不是……」

不等魯南說完，吳涵猛地回過頭，搶先問道：「這情況喬隊知道嗎？」

魯南一愣。剛才在辦公樓下，她們兩人還一唱一和，怎麼現在又提防上了？他瞟了眼樓門口，喬紹言剛從茶水間出來，正邊往院門口走邊四處張望，還不時看向魯南和吳涵這邊，應該是完全不明白行動的緣由。

「我什麼都沒透露，只說你要找我。不過你什麼都不告訴她，是有什麼芥蒂嗎？」

「我跟喬隊之間完全是公對公。她在南津沒有執法權，幫不上忙，而萬一有任何行動內容被洩露了，如果她也是知情人之一的話，反倒會增加很多麻煩。」

魯南注意到，吳涵說得非常寬泛，顯然沒有把情況全盤托出。魯南不知道吳涵是翻了舊帳，還是又和喬紹言有新的衝突，他也懶得再蹚渾水，笑著點頭：「有道理。這樣一來，如果行動內容被洩露的話，你只需要懷疑我和傅庭就行。」

「真要到那時候，我會好好調查一下老傅。」

這人開不得玩笑的嗎？魯南驚訝地望向她，吳涵卻換了個話題：「徐慧文跟陳曼通話的時間，應該就是喬隊去家裡找她的時候。」

那也就是喬紹言敲開門時，聽見的徐慧文那句「媽，我這邊有點事」。魯南回想著喬紹言的講述，默默對上了時間線。

「可徐慧文和陳曼之間怎麼會有聯繫？」

吳涵瞟了魯南一眼：「別跟我在這裝小學生，顯然作為給陳曼走私集團洗錢的公司，徐慧文才是實際控制人。不管作為老公還是董事長，田洋只是個幌子。」

「不是我裝傻，而是我不明白之前你們怎麼沒調查出來。」

「因為徐慧文的身分在他們集團有保密範圍。我已經核查過了，連江嘯和盧星都不知情。」

魯南愣了愣。如果他沒記錯，江嘯已經做到了陳曼身邊的二把手，連他都不知情，那徐慧文的確不是一般的核心人物：「徐慧文已經發現自己暴露了？」

「應該是。如果那輛紅色BMW裡坐的是她，跟蹤你和喬隊到電信大廈，足以讓她意識到危險。而且她現在人沒在家，兩部手機都關機，顯然要出逃。」

「手機號碼你們定位了？」

「定位了，那兩部手機不在一起。兩部手機的訊號都在移動中，而且都是往出城方向。」

「她很可能——」

「可能把這兩部手機丟到兩輛計程車上，給司機塞幾百塊錢，讓他們分別朝不同方向往城外開，用來干擾偵查。所以A組和B組都只配置了四個人，剩下的全面撒網，重點找她開的那輛車。牌照我會讓人查，不過大概那是輛走私車，要麼是假牌，要麼是套牌。」

吳涵語速很快，對抓捕方案也十分篤定。魯南感覺此刻的她前所未有地鬥志昂揚，宛如睡醒的猛獸。想來也是，臥底、監控，她都不能親自下場，只能隔山打牛，如今終於直接抓人，興奮也在所難免。

魯南對接下來的行動更放心了些，與此同時，他也開始惦記自己晚上九點多的車票。恰逢吳涵話音未落，傅東宏從辦公樓裡走出來，看了看吳涵和魯南：「喬隊呢？」

魯南一指院門口的方向：「剛看她出去，怎麼了？」

「張弢和焦志已經從江州回來了，正從機場往這邊趕，我還說讓他們跟喬隊碰一下。」

傅東宏的事在抓捕面前算不上重要，魯南卻敏銳地捕捉到自由的氣息：「呦，這正差回來了，我是不是可以撤了？」

傅東宏剛要說什麼，魯南就對吳涵說：「吳隊，剛才你說過的，只要冉律師做完筆錄，我和傅庭該走就可以走了。」

「吳隊還說過，要是沒什麼意外情況。」傅東宏冷冷地說。

魯南攤手：「就算有意外情況我們也不能做什麼呀。眼看案情有進展，吳隊他們該怎麼查會怎麼查，正好張弢和焦志過來了解情況，更容易確定死刑覆核的方向。」

傅東宏看向吳涵。吳涵有些糾結，問魯南：「你覺得徐慧文有可能警告陳曼嗎？」

「陳曼已經上飛機了，她的電話打不通，留在南津這裡的大管家是江嘯，又是你們的人。對徐慧文而言，她要想對陳曼盡忠，最好的辦法是確保自己別被捕。」

「傅庭，您在這裡再留一下，我真的得去交通隊做個筆錄，結束後我們一起撤？」見傅東宏沒立刻否定，魯南馬上大步朝院門外走去。

總隊院外，魯南正一身輕鬆地在路邊等計程車。冉森從車裡下來，小跑到魯南身旁：「魯法官！」

魯南打量著他。顯然，冉森筆錄結束恰好看見吳涵召集人馬，為打聽狀況一直等到現在。

「你怎麼還在這裡蹲點？這都幾點了，回家吃飯去吧。」魯南的聲音裡滿是收工的愉悅。

「你和警局的人跑進跑出的，可什麼進展都不跟我說。我陪著你忙活了半天，沒功勞也有苦勞啊！你總不能……」冉森卻一臉焦急。

「好好好。這樣，我的兩個同事很快就來，一個是張弢，另一個是焦志，他們是田洋案死刑覆核的承辦人。有些情況雖然我不能和你講，但我一定會如實、詳盡地告訴他們兩人。至於剩下的，你該提辯護意見提辯護意見，他倆該怎麼覆核怎麼覆核，我只能給你交代到這邊了。」魯南急匆匆說著，就看一輛空車從自己面前駛過，剛要攔車，冉森就擋在了面前。

「那……你是現在就要走了嗎？」

「我得先去交通隊做個筆錄。」

「我送你吧。」

讓他送這一路也少不了打聽，魯南忙擺手：「不用。這法院的老跟律師混在一起，既不好說也不好聽。」

魯南終於攔下一輛空車，就見冉森一臉沮喪，神情落寞。他想了想，往回走兩步，拍拍冉森的肩膀：「別泄氣，你今天幫了大忙，不光幫到了我，也幫到了你當事人。我向你保證，我的那兩位同事是非常盡責的法官，他們一定會審慎地對待田洋的案子。」

冉森深吸口氣，強打精神，伸出手和魯南握手道別：「謝謝你，魯法官，我相信你。」

魯南笑笑，帶著學生躲過老師拖課般的心情轉身上車。可他並不知道，馬路對面有個人一直站著，觀察他和冉森的互動。那人一見他離開，立刻小跑著過了馬路，叫住冉森。

「冉律師！」

「喬隊？」冉森有些意外，看著喬紹言朝自己走來。

「冉律師在斯塔瑞做法務多久了？」喬紹言免去了寒暄，開門見山。

「五年多了，當時公司剛成立沒多久，田總聘了兩個律師做法務，除了我，還有一個比較資深的大姐，但是她做了不到一年就離開了。」冉森回答著喬紹言的問題，卻搞不明白她詢問的緣由，一頭霧水地望著她。

「那個女律師叫什麼名字？之前是哪個事務所的？」喬紹言繼續問。

冉森不知道這和眼下的抓捕有何關係，或者是指向什麼新發現的線索。可他想了想，還是如實答道：「印象不深了，只記得她姓劉。不過我應該還有她的名片，我可以回去找一下。」

說到這裡，冉森頓了頓：「您不會是懷疑她……」

喬紹言笑笑，跟魯南一樣什麼都不洩露：「我只是想多瞭解些情況。冉律師，你一直在田洋的公司做事，在他周圍有沒有見到過某個二十五到三十歲的女性？」

冉森笑了：「您給的條件也太寬泛了，這讓我怎麼說。」

喬紹言想了想，從口袋裡掏出個筆記本，抽出夾著的照片遞給冉森：「你在田洋身邊見過這個人嗎？」

照片看起來有些年頭，邊緣泛黃，上面是個二十歲出頭的年輕女性，鵝蛋臉，瘦高身材，一身休閒裝，沒戴任何首飾。她正對鏡頭，笑得十分開朗。

冉森剛接過照片，喬紹言的手機響了，她看了眼來電顯示，轉身走開幾步，接通電話。

「喂……是我……你怎麼……你說什麼……什麼時候？在哪裡……你為什麼……喂？喂！」

看來是那頭掛斷了電話，冉森聽著喬紹言斷續的語句，更為困惑，卻不知道從何問起。如果說和魯南的短暫相處教給了他什麼，那就是不要指望公職人員共享資訊。冉森想著，在心裡嘆了口氣，把照片遞還給喬紹言：「沒印象，我應該沒見過。這是……」

「這是八年多以前的李夢琪。」說著，喬紹言急匆匆地收起照片，「再聯繫。」

冉森看著喬紹言離開的背影，一臉莫名其妙。

交通支隊比刑偵總隊熱鬧多了，大晚上的，魯南竟然要排隊等詢問室的空位。做完筆錄，他也就終於明白了下午那起事故的緣由。

魯南乘坐的那輛計程車，司機在高速行駛的情況下沒看清旁邊車道的情況就變換車道，引發了這起連環事故。計程車司機的傷勢還不太方便做筆錄，但交警從事發路段的監視畫面推測，旁邊那輛車很可能正好位於計程車的後照鏡盲區裡。

盲區，就是在兩車平行距離一到一公尺半的情況下，魯南所乘坐的那輛車兩側車後門的位置，也就是後照鏡和倒車鏡都看不到的那個夾角。司機在變道前肯定通過倒車鏡和後照鏡觀察過，而他變道後發生碰撞的那輛車，正好在這個視覺盲區裡。

明明距離很近的後車，卻會因為盲區的存在遭到忽視。這番技術性十足的解說，不知為何讓魯南聯想起李夢琪的案子。會不會也有什麼近在咫尺的事物，一直被所有人忽視？明明剛跟喬紹言說過那不過是一份工作，此時的魯南也是好不容易才從傅東宏那裡脫身，可他還是忍不住聯想。

「那些受傷的人怎麼樣了？」魯南問交警。

「傷得有輕有重，不過都沒生命危險。這裡面也有你及時報警和現場積極施救的功勞。」

魯南擺手：「談不上。給你們添麻煩了。」

和交警握手道別後，魯南穿過支隊大廳向外走，恰好碰上兩名交警對一名女司機檢查行照。

那名女司機在大大的買菜包裡翻找半天，最後乾脆一股腦把包裡的東西倒在桌上。這動靜吸引了大廳不少人的目光，那包裡的東西簡直一應俱全，除了化妝品、護膚品、保溫杯，還有兩本厚書和一瓶胡椒粉。一旁五六歲的小孩拿起胡椒粉，朝向自己的家長嘿嘿笑。

魯南從一旁經過，也注意到了這名女司機。不僅如此，他還發現那個女司機倒出來的東西裡，有個印著「LA PRAIRIE」的藍色圓形罐子。

想了想，魯南走到她身旁，客氣地指著那瓶護膚品問：「不好意思，這個……我能看一眼嗎？」

奇怪的要求有時候讓人想不起拒絕，女司機一愣：「哦……」

魯南拿起那個藍色罐子，一邊端詳一邊對女司機解釋：「我媳婦讓我幫她買這個牌子的東西，我看挺貴，它……好用嗎？」

「還行吧，能用，也沒那麼貴。」

魯南笑著和女司機閒聊，擰開瓶蓋。

「這個味道……」魯南微微一驚。

「它家的東西都這味道，跟雪花膏差不多。」女司機說著，收拾桌上的東西。

魯南愣在原地。從下午到達南津到現在，魯南第一次感到震驚，還產生了些不祥的預感。半小時前，跟那瓶LA PRAIRIE同樣的味道，他在總隊的茶水間裡也聞到過。當時喬紹言怎麼說的來著？她說她挺喜歡這種雪花膏的「古早味」。

6

魯南匆匆走出交通支隊，在路邊攔計程車。手機響了，他接通電話：「怎麼了，吳隊？抓到徐慧文了？」

「你在哪裡？」

「交通支隊門口，剛做完筆錄。」

「你在那裡等我一下，我很快到。」

「啊？你來交通隊幹什麼……」

不等他說完，吳涵那邊已經掛斷。魯南站在路邊，看著夜晚的車流發呆。有些直覺，他不願意相信；有些前因後果，他也不希望聯想。

過了好一會兒，魯南撥通了一個電話。

最高人民法院巡迴法庭，辦公室裡空蕩蕩的，短髮的高個子女人拿著手機站在窗邊：「你莫名其妙讓我和巡迴法庭的弟兄去貼封條，搞半天你現在人還在南津。不是說好你今晚會從北京出發過來的嗎？」

她叫方媛，是魯南平日裡作為法官的下屬和搭檔。傅東宏說她「腦袋裡都是肌肉」，她對此的回應是「怎麼可能，還有美食」。總之，這是個四肢發達，頭腦簡單的傢伙。

「沒轍呀，長官指哪裡我打哪裡。」魯南聲音如常。

「那你到底還能不能及時回來啊？」

「看情況吧。本來都準備走了，突然又找我，不知道什麼事……對了，我這回前腳回北京，後腳就來了南津，都沒回家看老婆孩子。我想著，等回頭津港那邊結束了，我好歹給家裡那小子買個玩具什麼的。你幫我查查津港有什麼賣玩具的地方。」

「你這土包子，都什麼時代了，直接網路上下單不就好了。你兒子還小，買點安全的、益智的，比如GINCHO的彩色黏土……」

接下來的七八分鐘裡，方媛都在給魯南介紹當代橡皮黏土的功用、材質，以及演變歷史。魯南質疑這東西是不是更適合女孩子玩家家酒，方媛立刻給他來了一堂男女平等教育。電話那頭，魯南一邊覺得這樣的對話實在不著調，一邊卻莫名地慢慢平靜下來。

說完橡皮黏土和男女平等問題，方媛抬頭看向窗外的夜空：「南哥，你那邊能看到月亮嗎？」

「能啊，又快到十五了，月亮挺圓的。怎麼了？」

「你不覺得今晚的月亮看上去有點紅嗎？感覺像血月。」

「什麼意思？月亮熟了？」

「據說血月的晚上會出事，你小心一點吧。」

魯南笑出聲來，他最後一點複雜的情緒，也在方媛的迷信中煙消雲散：「你看是這個顏色，我看是這個顏色，全國人民看都是這個顏色，總不能哪裡都出事吧？別胡說八道，說好的唯物主義立場呢……好了好了，我這邊車來了，隨時聯繫。」

魯南看著吳涵的警車由遠及近，掛斷電話。這次通話，說明他將喬紹言和雪花膏的事驅散出了腦海，他一邊朝吳涵揮手，一邊走向馬路中央。他篤定剛才交通支隊的事情是自己過度敏感，草木皆兵，可當時的他並不知道，方媛會一語成讖。

坐上警車之後，魯南回頭一看，發現後座沒人，車上只有他和吳涵。魯南有些不解：「吳隊，我們這是要去哪裡？」

「去個地方，找個人。最好有人陪我一起去。」

「怎麼，總隊的人手這麼緊張？」

「弄清處原委之前，這件事的知情範圍不宜擴大。」

魯南笑了：「神神祕祕地搞什麼？讓我陪你去，我不就知情了？」

「我信得過你。」吳涵沉默半晌，才從牙縫裡擠出這句話。

魯南發現所有直接的誇讚、示好、答謝，好像都會讓吳涵感到不適，他訕笑道：「我何德何能，比你自己隊裡的兄弟還值得信任？」

吳涵目視前方，邊開車邊說：「立功表揚會。」

魯南皺眉：「什麼？」

「立功表揚會，上臺受獎的那個法警，不但圓滿完成了押運任務，而且擊斃一名劫車歹徒，逮捕另一名劫車歹徒。最重要的是，他將受重傷的同事及時送去治療，救下了一條命。他那個同事叫劉白。傷癒之後，劉白通過司法考試，去法官進修學院學習。大概是看我離婚有年頭了，老傅就把他介紹給我。」

吳涵這番話說得語調平緩，宛如背書，給出的訊息卻足夠讓魯南震驚。他沒想到吳涵的丈夫竟然是劉白。吳涵這是在感謝他救自己丈夫一命？

吳涵還是一臉彆扭，扭頭看著魯南：「所以我才跟你說，我個人也很感謝你。」

竟然真是感謝，魯南有些不好意思地笑了：「老傅啊老傅，可太會牽線搭橋了……」

很長一段時間，兩人都沒再說話。做好工作，盡職盡責，這是魯南現在的人生信條。就像在茶水間跟喬紹言說的，魯南不在乎當「工具人」，不在乎立功受獎，事實上他甚至不太在乎任務最終是否能夠成功，只要求自己盡力就好。自己之外，不可控制的部分太多，何況在意就會產生執念，執念就是欲望，而欲望帶來弱點，所以魯南沒有執念。

可他也並非一直如此，變成這樣，是因為他有過太多的失望和絕望了。每次的失望，都會殺死一小點執念，同時也殺死一小點期待。

令人心有餘悸的，還有那些死死抓著執念不放時，不得不做出的揪心選擇。

那具屍體仰躺在地上，雨衣散開，像折斷翅膀的巨鳥。

然而此刻，吳涵的話帶來安慰。昔日的執念像一根小小的迴旋鏢，扎了回來，帶著讓人欣慰的美好未來。那瞬間，魯南沒想起開槍時候手腕發虛的感覺，忘記了那些傷心的時刻，甚至忽略掉十幾分鐘之前對喬紹言的懷疑。

非常值得，他想。

雖然不知道劉白娶了不會說好話的海象是什麼感受，但魯南覺得非常值得。

「好吧，我們這到底要去找誰？」警車轉上了高架橋，魯南率先開口。

「你給我的那瓶漱口水，瓶口採到了ＤＮＡ樣本。」

魯南一愣：「ＤＮＡ樣本？不會這麼快就出現比對結果了吧？」

「比對資訊庫是非常龐大的，運氣好的話一小時就能出結果，運氣不好的話，一天也是它，一禮拜也是它——前提是資訊庫裡真有和這個ＤＮＡ相同的樣本。」

「那到底出沒出結果啊？」

「資訊庫裡沒出結果，但內部網路彈出一個吻合的比對結果。」

「內部網路？」

「警察人員的生物資訊樣本在內部網路都有備案。」

吳涵沒再繼續往下說，魯南想了想，臉色變了。他又一次想到茶水間的「古早味雪花膏」，還有剛剛在交通支隊聞到的味道。他不願意相信的，不願意聯想的，此刻都變為確鑿的證據，砸到他的面前。

吳涵扭頭，看著魯南震驚的樣子：「是的，漱口水瓶口採到的ＤＮＡ，是喬紹言的。」

第五章

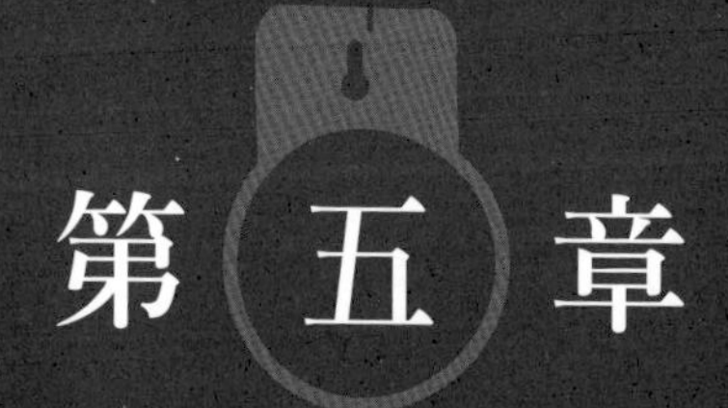

1

最高人民法院庭長辦公室其實跟雲南的鄉鎮救助站沒什麼區別，都是一張大桌、兩排鐵櫃、數盆綠蘿外加長長的日光燈。非要說的話，庭長辦公室的綠蘿還比雲南那幾盆要萎靡一些。

傅東宏坐在辦公桌後，頭髮尚顯茂密，翻動著人事檔案，抬眼瞟向桌對面的魯南：「復員[6]轉業當法警，幹了不少年啊。市級檢察院第二分院當助理檢察官，平調到第一中級人民法院刑事法庭做審判員……經歷挺豐富的，怎麼想來最高院刑庭了？」

「人往高處走嘛，而且聽說我們這裡分房子快一點。」魯南坐著，一身便裝，舊舊的金屬邊眼鏡磨去幾處鍍銅，黑色尼龍雙肩包掛在椅背。

調任動機這種問題，傅東宏對每個新來的法官都會問上一嘴，答案大同小異，都是司法公正、價值觀信仰那套。初次見面就大刺刺說要分房的，眼前這人是頭一個。傅東宏盯著他看：「法官是法治社會的菁英群體，如果你僅僅把它當作謀生的手段，就褻瀆了它的

6 編註：意指從軍隊退役的人員。

神聖！」

魯南沒被他的嚴厲嚇住，眨眼，語氣比剛才多些調侃：「恕我直言，長官，不遵循程序好好工作，才是褻瀆這行。何況先不談法官算不算菁英群體，老抱著這種想法會不會助長官本位的意識啊？」

傅東宏笑了，為魯南的有來有往：「你真是這麼想的？我是說，關於分房那部分。」

「有房分肯定好啊，不然都不敢要孩子，不過沒房分也會好好做事的，這個您放心。」魯南還是一臉坦蕩。那句話怎麼說的來著，「有些人的起點，是另一些人的終點」，一直從事文職的人肯定不會知道，他得花上很多時間，才不用每天緊繃著後背生活。救了劉白之後產生的根本不是成就感，而是無窮盡的餘悸。如果那兩個人逃跑了，如果他們冒險奪槍，如果那兩個幫手腦子稍好一些，如果他們的鞋子沾上泥水……

傅東宏低著頭，繼續看人事檔案。數秒的沉默後，魯南也試探道：「您真是這麼想的？我是說褻瀆神聖那段。」

機智問答的流程已經結束，傅東宏懶得再說官場套話，連眼皮都不抬：「不管你是愛喊口號還是光惦記分房，來這裡都得踏實做事。幹得好就幹，幹不了滾蛋。」

敲門聲傳來。不等傅東宏回應，穿著法官制服的中年男人就走進辦公室。他叫馬秉前，身材高大，鼻直口闊，頭髮一絲不亂，法官制服平整得能看出褲線。魯南打量他，心想這人可真像個法官。

傅東宏一指魯南：「老馬，這是新調來我們庭的，叫魯南。」

魯南起身，跟馬秉前握手。

「以後這小兄弟就跟著你，別把他帶歪了。」

馬秉前點頭，坐在魯南身側：「長官您放心。」

他扭頭對魯南說：「兄弟，我們這行可不僅僅是個工作。公正審判，不光是我們的核心職能，更是一種法治信仰。你要只拿這行業當謀生手段，那可就看低它了……」馬秉前看起來都快被自己感動了，目視窗外，還摸摸頭髮，聲音帶著點舞臺腔。魯南邊頻頻點頭，邊分神去瞄傅東宏，卻發現傅東宏也在偷看他，兩人視線對了正著，又同時收起笑意。當時的他們都不知道，幾年之後，傅東宏還是庭長，魯南還是法官，馬秉前卻做起反擔保生意，在商場上漂亮話說得一樣流利。

傅東宏乾咳一聲，打斷馬秉前的滔滔不絕，問魯南道：「這些年工作期間，你有受過什麼特別的表揚或處分嗎？」

魯南作勢想想：「沒有。」

傅東宏低頭看著人事檔案，上面分明寫著「榮立個人一等功」、「集體三等功」。

「真的沒有嗎？你再想想。」

2

魯南坐著，一臉平靜，對問話的刑警說：「沒錯，我確定。」

這是六年之後，在南津刑偵總隊談話室。

廢棄商業大樓一樓的天井，魯南用手電筒照著地面，徐慧文面朝下趴在地上，血順著地面的紋路緩緩擴散，滲進瓷磚縫隙。

這是一小時前。

「一個小時之前？幹嘛非讓魯南跟你一起去？手下這麼多人你怎麼不帶？」南津刑偵總隊會議室內，髮量可疑版的傅東宏整張臉泛白，來回踱步，朝吳涵連連發問。

吳涵低垂眼睛，神色如常，身體卻緊繃著：「漱口水瓶口的ＤＮＡ是喬隊的，這事很古怪，可並沒有指向什麼明顯的犯罪行為。消息傳出去容易引發憑空揣測和無端議論，我想先私下找她聊聊。」

「聊可以，你打電話叫她來不就是了？」

「我打了，她沒接。」

「那你怎麼知道她在那棟廢棄大樓？」

「查手機定位。」吳涵直視傳東宏，那眼神在說，值得被質問的另有其人。

當時的手機定位顯示，喬紹言人在靜保區一帶。附近有幾個待拆遷社區，還有一棟廢棄的商業大樓。

「那您又為什麼要去靜保區那棟廢棄大樓？」會議室樓下的談話室裡，吳涵手下的刑警做著筆錄，問喬紹言。

「因為徐慧文給我打電話，約在那裡見面。」漱口水的DNA，徐慧文的屍體，還有魯南沒跟任何人說過的護手霜味道——喬紹言身上可謂是疑點重重。可她的語氣平靜，目光也平和，只有低垂的肩膀顯出些疲憊。

她打開最近通話，點開來自網路撥號的通話紀錄，將手機遞給刑警。她還記得徐慧文語氣絕望，帶了哭腔，也記得冉森面露困惑，因為她接起電話後的斷續言語。當時是在刑偵總隊門口，她給冉森看李夢琪的照片，魯南剛乘計程車離開。

兩名刑警對視，點頭，九開頭的網路撥號，這和他們掌握的情形符合——徐慧文的兩部手機，一部丟在計程車上，往郊區去，另一部封在快遞包裹裡。電話不可能來自那兩個號碼。

「徐慧文給您打電話，您為什麼不先通知我們呢？」刑警繼續發問。

「因為並沒有人告訴我，你們正在搜捕她。」

吳涵不向她通報資訊，這是一直以來的實情。刑警被喬紹言的回答噎住，數秒後才繼續開口：「那她在電話裡怎麼跟您說的？」

「她說，自己可能快走投無路了，有重要的事情要透露給我，但只能跟我一個人說。」

「她還說什麼？」

喬紹言放緩聲調，咽下嘆息：「她還說，如果想找李夢琪，就一個人去見她。」

也就是說，喬紹言被徐慧文單獨約見，等魯南進了那棟大樓，看到的卻是徐慧文的屍體。喬紹言隔壁的談話室裡，刑警繼續朝魯南問話，試圖拼出完整的情景。

「既然是吳隊要你陪她去，你為什麼沒跟她一起進去？」

「這得問你們吳隊。她一開始說自己先進去看看，讓我留在車裡等她。」

「那你過了幾分鐘，為什麼又進去了呢？」

魯南攤攤手，那當然是因為，大樓裡不光有喬紹言一人。

那棟廢棄的商業大樓坐落在老城區，旁邊是條喧鬧的小吃街。魯南坐在車裡，望著吳涵的背影消失在大樓北門門口。他向周遭張望，打開手提箱，翻出個手電筒，下了車。

大樓的方向是一片死寂的漆黑，幾十公尺外卻宛如另一個世界，燈光暖黃，人來人往。

繞大樓巡視半圈，魯南就到了南門。那側的街上沒有人煙，低矮的舊樓牆上寫著「拆」字，住戶也都已經搬走。夜色之中的南門門口有個暗色的影子，似乎是停了輛車。魯南打著手電筒走近，發現是那輛紅色ＢＭＷ。他繞到車後確認牌照，果然，是徐慧文的車。車裡沒人，魯南又繞到車頭，伸手摸引擎蓋，還溫熱著。

就是因為這個發現，他從南門走進樓去。

「那您到大樓之後，聯繫上徐慧文了嗎？」同一時間，隔壁談話室，刑警問喬紹言。

「你看通話紀錄，我一到就給她打了電話，但是已經打不通了。」喬紹言說著，又把手機遞給刑警。

樓內漆黑一片。廢棄的貨櫃橫在走道中央，大理石地面上堆著建築垃圾，電梯門口拉著封條。

喬紹言步伐很輕，手機聽筒傳來無人接聽的提示。她掛掉電話，打開手機背面的微型手電筒，邊走邊叫徐慧文的名字，音調不高不低，語速不快不慢。

喬紹言的聲音和腳步形成嗡嗡的迴響，她確定一樓空無一人，於是一路摸索著找到樓梯，上了二樓。「旺鋪出租」的列印紙落滿灰塵，舊玻璃門映出喬紹言的身影和手電筒的反光。

她巡視一圈，發現徐慧文也不在這層，就往三樓走去。

沿著樓梯走到一半，一樓門口的方向有腳步聲傳來，還有撞到什麼東西的動靜。喬紹言以為是徐慧文來了，急匆匆就往樓下去。

可進樓的並不是徐慧文。

「進樓？既然沒直接聯繫上喬隊，你憑一個定位就摸黑跑進去，不是以身犯險嗎？那你還何必讓魯南跟你一起呢？」傅東宏看吳涵的眼神，除了困惑不解，還有恨鐵不成鋼。

「我也是怕事態發展有什麼我說不清的地方，魯南過去，好歹是個見證。至於進樓的時候，我沒想太多，只是覺得在一對一的情況下，喬隊能更放鬆，可能也會更坦誠些。」

吳涵打著手電筒走進大樓一樓，她並不知道樓門口停著那輛BMW，也不知道徐慧文會來，所以，和喬紹言的謹慎與魯南的警覺都不一樣，她昂首闊步，大搖大擺，用手電筒左照右照，還險些撞上陳列花車。每個動靜造成的聲音在空曠的大樓都被放大數倍，傳出很遠。

沒走出幾步，她就聽到樓上傳來窸窸窣窣的聲音。樓裡果然有人。她站定聽了幾秒，便立刻找到樓梯口，向樓上跑去。

「吳隊和喬隊都在一樓看過，都沒發現徐慧文的屍體，怎麼偏偏你發現了？」

「你們吳隊是從大樓北門進去的，可能喬隊也是從那個門進去的。而我看到徐慧文的車之後，是就近從南門進的大樓。她的屍體離南門很近。」

「你看到她的屍體之後呢？」

「之後，我就看到了喬隊……」

從南門進樓，就是有玻璃屋頂的天井。整片區域空無一物，餐椅和餐桌都堆在角落，魯南幾乎是一進大門就看見天井的正中央趴著個人。他小心翼翼地挪過去，看到血跡蔓延。儘管那人面部朝下，魯南還是第一時間就從穿著跟髮型意識到，這很可能是徐慧文。

他蹲下身，用手電筒照著，伸手探她的頸動脈。

徐慧文已經死了。

這時，魯南聽到前面不遠處有腳步聲，忙一抬手電筒，就看到一臉震驚的喬紹言。

喬紹言望向魯南，又望向地上徐慧文的屍體：「你……你怎麼會……她……這是徐慧文嗎？」

不等魯南回答，樓上又傳來動靜。魯南和喬紹言同時把手電筒往上照，樓上的手電筒燈光也照向樓下。魯南被手電筒燈光一晃，瞇起眼睛，仔細辨認，發現站在樓上的人是吳涵。

「——還有你們吳隊。」魯南對坐在對面的刑警說道。

來龍去脈拼湊清楚，卻帶來更多疑問。徐慧文是墜樓還是他殺？樓裡當時還有沒有其他人？她打給喬紹言，本來是想說什麼？為什麼她會知道李夢琪的下落？

刑警和魯南面面相覷。同樣的沉默，也在喬紹言所在的談話室，以及吳涵和傅東宏之間蔓延開來。

3

如果深究自己的內裡，吳涵會發現，她的腦中有一座小小的車站，站內只發兩班車。

第一班車叫「自己人」，是一輛半新的中型巴士，購票上車需要通過層層檢驗。除了家人和並肩作戰的總隊弟兄，就是傅東宏這樣相識多年的老友。保護這些乘客不受傷害，順順利利，占吳涵生命意義的一半。她和他們互相信任。

另一班車次則迎來送往，取票簡單，是輛警用威凱，車次名叫「非我族類」。這趟車乘客多，位子卻少，絕大多數乘客會被迅速送往檢察院、法院、監獄以及看守所，無須在吳涵生活中常駐。把這些人送往他們該去的地方，就是吳涵的另一半生命意義所在。

在最近七十二小時中，魯南溜上了「自己人」中巴，喬紹言則剛在「非我族類」那班車給自己爭取到VIP席。

喬紹言不可信任，這對吳涵而言無須驗證。非公派地介入調查，漱口水瓶口的DNA，還有江州回報來的種種資訊，都不過是論據而已，論點早在她們第一次見面時就已經形成——這人可疑。吳涵直覺認為，有些關鍵的東西還隱藏於黑暗中。徐慧文的死讓喬紹言的「可疑」直接變成了「嫌疑」，只差找到證據抓人。現在吳涵越來越傾向於相信，案件中藏起來的那部分，就是喬紹言本身。

「我不是讓你在車裡等我嗎，為什麼擅自進去？」正是基於此，魯南一進會議室，就遭遇吳涵劈頭蓋臉的質問。如果不是魯南，說不定她能直接抓個現行。

「因為我看見那輛紅色BMW停在商業大樓的另一側，換句話說，樓裡很可能不僅有喬隊，還有其他人。」魯南的回答和剛才在談話室一樣。他擔心吳涵的安全。

「那你可以電話通知我，不該貿然進來。再說，就一個徐慧文，我又不是對付不了。」

「我只看見車，但不知道之前車裡到底坐的是誰，更不確定有幾個人。再怎麼說，我進去也是為了協助你。」

「我怎麼覺得你一聲不吭就進來，是因為你並不相信我呢？」吳涵憋著一腔鬱悶，乾脆不講道理。

「我挺相信你的。」魯南哭笑不得，這種情緒化大概也可以理解成某種信任和安全感吧。

跟魯南對視著，吳涵慢慢平靜下來。

「那……你也相信喬隊嗎？」

「相信。」魯南想都沒想就回答——真夠笨的，吳涵想。

「除了她是喬紹廷的姐姐，你對她還有什麼瞭解？」

魯南笑了：「除了劉白是你老公，我對你的瞭解也不多，但這不妨礙我相信你吧。」

吳涵抱起雙臂，簡直不知道該怎麼跟魯南溝通。喬紹言身上無法解釋的事情一件接著一件，怎麼可能和她一樣？

傅東宏擺擺手：「好了好了，這徐慧文到底是自殺還是他殺？」

「不好說。現場勘驗很可能明天才能完成。」吳涵硬邦邦說著，又瞪了魯南一眼。這話倒不是賭氣，那棟大樓的電力早已被掐斷，樓裡太黑，很難完成現場勘驗，只能先封鎖現場。就算派人出去借照明器材，折騰一宿，東西借來了天也該亮了。

傅東宏又問：「那驗屍呢？屍檢能不能幫助判斷是自殺還是他殺？」

「也得明天出結果。」吳涵不再看魯南，補充道，「除非有明顯的防衛性傷口或打鬥痕跡，不然對偵破也沒什麼幫助。如果徐慧文只是從高空墜落的話，驗屍最多能證明她是摔死的。」

傅東宏不耐煩地來回踱步。因為新變故而感到焦慮的，並不只有吳涵一人。想到魯南被自己喊來幫忙，如今卻牽扯太深，愧疚與疲憊就同時朝傅東宏襲來。

他深吸口氣，看向窗外夜色，問吳涵道：「你就直接跟我說，要是他殺，這裡面會有魯南什麼嫌疑嗎？」

吳涵一愣，沒答話。傅東宏這是什麼意思？最有嫌疑的當然只有喬紹言。

魯南笑了：「傅庭，這個您放心，徐慧文要真是遇害的，跟其他人比起來，我嫌疑最小。」

傅東宏看看魯南，又盯著吳涵：「是他說的這樣嗎？」

吳涵有些不情願，點了點頭。

「那好，該幫的不該幫的，我們都幫了。上天入地無所謂，出生入死也認了，可別到最後，自己都弄不清楚。魯南，走，我們回北京。」傅東宏說著，走到會議室門口，回頭朝魯南一招手。

吳涵站起身：「老傅……」

「就到這裡了。有什麼案件覆核上的託付，張弢和焦志會跟你們溝通。魯南是過來幫忙的，我不能最後把他落在這裡。再說這案子他不是承辦人，我也無權命令他繼續留下來……」

傅東宏說的句句在理，吳涵愣愣地站著，無法反駁，看向魯南。

魯南的目光在兩人間逡巡片刻：「傅庭，我們再留一下吧。」

傅東宏一愣。

魯南看眼手錶：「我們兩小時內出發，我就能趕得上高鐵。」

傅東宏哭笑不得，抿着嘴，幾小時前明明是魯南急切地想要離開：「怎麼，你這是管閒事管上癮了？」

「如果目前這個狀況很可能影響到田洋死刑覆核的結果，也不完全算閒事。我想等張弢和焦志到了，跟他們核實一些情況，給出個完整的建議。」

表態之後，魯南轉向吳涵：「吳隊，雖說要以最終勘驗結果為準，但你是不是也傾向於徐慧文是他殺？」

吳涵朝傅東宏笑笑，心情頓時轉好：「我只知道無論是自殺或他殺，徐慧文的死都很可疑。」

「如果是自殺，無非是『畏罪』，可走私這罪名……不當死。要說是他殺，動機又是什麼？」魯南問。

傅東宏走回會議室：「滅口？」

「誰想滅口？陳曼的集團，還是……」

「應該不是陳曼的人幹的。我問過江嘯，他們甚至都不知道徐慧文和陳曼的關係。難道是李夢琪？」事實上吳涵很想說喬紹言跟李夢琪肯定脫不開關係，甚至說不定喬紹言就是李夢琪，但考慮到魯南他們的想像力有限，還是作罷。

「有道理，不過我覺得應該也不是李夢琪。」魯南說道。

「你是覺得李夢琪跟徐慧文之間並沒有什麼關聯？」

「不，經過這一系列事情，我覺得，李夢琪很可能並不是個活人。」魯南給出的答案，遠遠超出吳涵所想。

4

喬紹言獨自坐在談話室，看著對面的兩張空椅子發呆。隔著面玻璃，魯南都能感覺到她的恍惚和無助。她站過詢問室的單向玻璃外，坐過那兩張屬於問話者的椅子，但恐怕是第一次坐到現在這個位置，成為被問話者，甚至是某些人眼中的嫌疑人。

他推門走進去，朝她打個招呼，晃著手裡的白色磁卡：「喬隊，要不要吃飯去？我要了張飯卡。」

喬紹言有些迷惑，看著魯南：「我……可以離開這裡嗎？」

「你沒戴手銬，門也沒鎖，外面又沒人看著你。喬隊，你不是嫌疑人啊。」

總隊餐廳外的走廊上沒什麼人，魯南捧個免洗餐盒，邊走邊往嘴裏送餃子。喬紹言走在他身旁，只拿著瓶礦泉水。

「徐慧文那話，你覺得是什麼意思？她知道李夢琪的下落？還是說她知道誰是李夢琪？」魯南以不涉及喬紹言本人的問題入手，嘴裏塞著兩個餃子，話語伴隨咀嚼聲。

「她只說我要想找李夢琪，就一個人去見她。」

「事情發展到這一步，我有種感覺，就是李夢琪可能已經死了。」

喬紹言打不起精神，明顯排斥這個猜測：「要說我的感覺，徐慧文話裡話外更像是她會把李夢琪交給我。」

魯南停下腳步，把空餐盒和免洗筷扔進走道的垃圾桶：「你好像很確定……或者說，你很希望李夢琪還活著。」

喬紹言回頭望了他一眼，不置可否。

魯南把她的沉默理解為預設：「我能問問原因嗎？」

問題從案情轉移到喬紹言本身。

她百感交集的樣子，讓魯南知道自己問對了問題。有什麼近在咫尺的事物，一直被所有人忽視，這個直覺朝魯南襲來，比之前更為強烈。喬紹言朝魯南走近，魯南等待著。

可她剛要開口，就朝走廊盡頭一瞥，垂下眼睛。魯南回頭一看，吳涵正朝他們走來。

「喬隊，你跟田洋或者徐慧文到底是什麼關係？你是不是有什麼隱瞞？！」吳涵來到他們身前，略去寒暄。她的問題和魯南的問題，答案可能大同小異，可在她審視的目光中，喬紹言立刻變得戒備而警覺，惜字如金。

「案件嫌疑人或嫌疑人家屬。除此之外我並不認識他們兩個。」

「那為什麼徐慧文從田洋衣服口袋裡找出的那半瓶漱口水瓶口會有你的DNA？」吳涵抱起雙臂。

「我不知道，而且我不怎麼用漱口水。」喬紹言低著頭，看都不看吳涵。

吳涵冷笑一聲，繞著喬紹言踱步半圈，打量她。刑警想激怒嫌疑人時，就會是這樣的眼神和姿態──魯南做法警時見得不少。

魯南確定喬紹言沒撒謊，可他更確定，吳涵這樣不可能問出任何有效資訊。於是他插話道：「那喬隊，你用眼霜嗎？」

喬紹言瞟了魯南一眼：「想起來的時候會用。怎麼了？」

「那你會用LA PRAIRIE嗎？」

「我什麼牌子都用。再說了，吳隊一樣會用眼霜吧？」說話間，喬紹言抬起頭，也盯著吳涵，抱起雙臂。

氣氛更為糟糕，吳涵身後的刑警悄悄後退一步。

另一名刑警從走道小跑過來，給吳涵送來張薄薄的紙，吳涵掃了一眼便遞給魯南，這是徐慧文案的物證清單。

廢棄大樓三樓有徐慧文的肩包，她墜樓時的隨身物品也都登記在冊。魯南一行行掃過清單內容，餘光瞥見吳涵揮手示意陪同的刑警離開。

「我們局上級已經和你們上級聯繫過了。你們主管的意思很明確，第一，你這次來南津並不是公派；第二，明天現場勘驗結束後，如果能完全排除你的嫌疑，我們會派人送你回江州，你們主管要求你直接回總隊向他述職；第三，從現在開始到完成排查，你不要離開這個院子，我們會給你安排今晚休息的宿舍，希望你配合。」吳涵壓低嗓音，語氣比剛才緩和，看來這番話才是她真正的來意。剝奪喬紹言的調查權和人身自由，向上級通報情況。相比之下，剛剛聲色俱厲的質問都是開胃菜。

喬紹言點頭，並不詫異：「這算是給我上強制措施？」

「不算，但如果你拒不配合，你們主管說了，就按一般涉案公民對待你。」

喬紹言低頭苦笑：「吳隊，我也有個疑問。你說從漱口水瓶口上驗出了我的DNA，我怎麼能知道，那瓶漱口水作為物證，沒有被污染過呢？」

「你什麼意思？」吳涵沒想到會被反將一軍，盯著喬紹言看。

「我的意思是，這是你的地盤，你想怎麼調查我都可以，但誰來監督你？」

吳涵笑了：「喬隊，你身上值得調查的，又豈止是漱口水瓶口的DNA？」

魯南從清單上抬起眼睛。

「你在江州從警十幾年，但九年前離職過。離職兩年後，你重新被江州總隊錄用，還獲得了提拔。要說離職後能復職的警員，不是沒有，但復職後還能升官的，就真不常見了。」

喬紹言臉色變了：「你查我的人事檔案？」

「不用我查，你們主管直接發給我了。你離職那兩年，誰都不知道你幹什麼去了。」

「我愛人那兩年出國工作，我跟他去國外了。」

吳涵冷笑著點頭：「真是令人信服的說辭……那兩年還正好是被田洋殺害的劉鳳君失蹤到李夢琪失蹤的時間……」

眼看兩人談得越來越僵，魯南懷疑對話再進行下去，人身攻擊會徹底取代有效資訊——喬紹言離職跟田洋的事扯在一起，展現出的就不完全是邏輯，還包括想像。魯南能理解人在焦慮中胡亂揮舞雙手，試圖抓住些什麼的行為，然而這種慌張，會讓真正重要的東西從指縫溜走。恰好此時，魯南又一低頭，發現物證清單上缺了點什麼。

他想了想，指著清單問吳涵道：「車鑰匙呢？」

吳涵和喬紹言皆是一愣。

吳涵：「什麼車鑰匙？」

魯南把物證清單還給吳涵：「不出意外，大樓南側那輛紅色ＢＭＷ是徐慧文開來的，她身上或她的肩包裡為什麼沒有車鑰匙？」

吳涵掃了眼物證清單：「也可能那不是她開的車，或者車鑰匙掉在現場什麼地方了……」

喬紹言瞟向吳涵：「也可能在殺害徐慧文的凶手身上。」

吳涵盯著喬紹言看。這種有來有回的夾槍帶棒，讓魯南驀地想起鷸蚌相爭的古老故事，然而得利的漁翁是誰，他還無從知曉。

陳曼的航班快要落地，刑警那邊叫吳涵布置抓捕準備，魯南也接到簡訊，焦志和張弢從江州回來了。

「我同事到了，我去跟他們碰一下。」吳涵跟隨刑警匆匆離開，魯南跟喬紹言交代幾句，也打算下樓。他剛走出兩步，又回過身：「喬隊……」

「我想洗一下手，能不能借你的……算了，我也不兜圈子了，你那個雪花膏味道的什麼護膚品，能不能給我看一下？」魯南猶豫片刻，直視喬紹言。

喬紹言不屑地笑笑，從口袋裡掏出個小盒，拿在手上，真的就是一盒雪花膏。

魯南打開蓋子聞聞，又放回喬紹言的手上，笑著朝她擺擺手，轉身邊走邊嘟囔著：「便宜的貴的，原來都一個味道啊……」

漱口水瓶口的ＤＮＡ，徐慧文的電話，在魯南看來，從來都算不上證據。喬紹言最後一點嫌疑，魯南也從心中徹底排除了。

魯南走出樓門，就看見刑偵總隊院裡人來車往，一副大戰前秣馬厲兵的景象。吳涵正對著對講機講些什麼，她身旁的刑警都穿著防彈衣，拿上防爆盾牌，戴起頭盔。

傅東宏和兩個文質彬彬的中年男人站在院門口交談，戴眼鏡的那個是張弢，稍矮些的是焦志。魯南看到他們，快步上前：「三爺！老焦！辛苦辛苦！」

傅東宏見魯南過來，說道：「我跟他倆都囑咐差不多了，你到底還急不急著回去？吳隊他們馬上要去抓人，後面沒有我們的事了，你留在這裡還能做什麼？」

魯南朝張弢和焦志眨眼：「隔壁是預審和看守所，聽說田洋就羈押在那裡。」

傅東宏一愣：「對啊，怎麼了？」

魯南又朝張弢和焦志笑笑：「你們要不要提訊一下田洋？」

「我們之前已經提訊過他了……」焦志不解。

張弢會意，伸手一攔焦志：「如果有需要，我們隨時可以再提訊他。」

魯南一揚眉毛：「那你們肯定缺個做筆錄的書記員。」

5

審訊室內，田洋戴著手銬和腳鍊坐在椅子上，和案卷照片相比沒胖沒瘦，不憔悴也不亢奮，連神態都沒有變化，眼神睥睨，高低肩，一邊嘴角不屑地抿著。被判死刑，被控殺人，好像對他沒有絲毫意義。魯南觀察著田洋的神態，回想來時張弢和焦志告訴他的資訊。喬紹言的可疑，更像是蝴蝶效應所造成的障眼法，而眼前這人，才是切切實實地隱瞞著什麼，還自認瞞得相當不錯。魯南見過很多麻木的死刑犯，但田洋不麻木。他覺得自己會贏。

田洋對面是張弢和焦志，魯南坐在他們身旁，煞有其事地攤開一小疊筆錄紙。絲線一樣的直覺，魯南努力想要抓住。盲區藏於暗處，魯南想看清楚。

「田洋，我和焦法官去江州走訪瞭解到，九年前你和李夢琪都住在邗江區紅星大院的出租屋。」張弢開口道。

田洋大剌剌地往後一靠：「是啊，之前都問過我好多遍了。」

「不，你聽清楚，我們走訪發現你和李夢琪『都住在那裡』，但你之前跟我們以及警檢機關陳述的是你和李夢琪『在那裡同居』。」焦志觀察著田洋的表情。

「這不是一個意思嗎？」田洋無動於衷。

「李夢琪在那裡租了房子，你也租了房子。你們既然同居，為什麼要租兩間房？」

田洋笑了，滿不在乎：「還能為什麼？她往回帶人方便唄。」

張弢和焦志對視，似乎也找不出什麼破綻。魯南不明就裡，望著他們兩人。

焦志低聲對魯南說：「李夢琪在婚前經歷比較……做過小姐，出場的那種，還被戒毒所強制收容過。」

魯南會意，點點頭，問田洋：「那你們平時到底住不住一起？」

「有時候住一起，有時候她跟別人睡。」

「那你結婚之後和徐慧文是住一起嗎？我是指，你們是同房睡覺嗎？」

田洋一愣，抬高嗓音：「是啊。」

魯南笑笑，看著田洋：「徐慧文好像不跟你睡一間啊。」

田洋的眼神飄忽起來：「有時候她嫌我打呼，就去跟孩子睡唄。」

「等孩子出國了，你們就徹底分房睡。田洋，你還真是不喜歡跟人同住。」

田洋有些語塞，盯著魯南看：「你……也是法官？」

魯南擺擺手：「你也可以當我是個高規格的書記員。田洋，我們知道徐慧文的真實身分了。」

驚恐的神情瞬間出現在田洋臉上，從被提訊到現在，他的輕鬆自在第一次有了裂縫：「你們……她也被抓了？」

魯南放慢語速：「很不幸，你老婆死了。」

田洋愣了幾秒，反倒放鬆下來，垂下頭：「哦。」

田洋的反應令張弢和焦志都有些疑惑。魯南朝田洋打個響指：「你不關心一下自己愛人是怎麼死的嗎？」

「我……不是……只是覺得太突然了。」慌亂而拙劣的解釋。

魯南乾脆放下手裡的筆：「田洋，就算是演戲，你好歹也裝出一點悲痛的樣子吧，否則不管是作為斯塔瑞公司的法人，還是徐慧文的老公，都有點過於擺設了。」

田洋低下頭，不再答話。資訊量巨大的質問，他這算是全預設了？張弢和焦志交換眼神，又一齊看向魯南。

「我現在直接問你，李夢琪到底在哪裡？」魯南單刀直入。

田洋低垂目光：「我不是說了嗎，我們分開之後就沒聯繫了，我不知道她在哪裡。」

魯南懶得糾纏：「那好，我換個問法。李夢琪還活著嗎？」

田洋還是低著頭：「我說過多少次了，分開之後，我跟她就沒聯繫過了。應該活著呢吧。」

「你們好歹九年前也算是亡命鴛鴦，雖說分開了，總不至於一點舊情都不念吧。何況你直到被捕，身上還帶著她的信物。那東西物證鑒定過，是真貨，不便宜呢。」

田洋冷笑：「女的嘛，不都喜歡鑽戒什麼的，當時她想要就給她買了。分手了我當然得要回來，挺貴的東西，憑什麼讓她帶走？」

「你的意思是說，你是覺得那東西值錢才要回來的，跟你惦不惦記李夢琪沒關係，是嗎？」

「反正我不惦記她。」田洋還是不看魯南的眼睛。

魯南從焦志面前拽過一本案卷，翻開幾頁：「那就有意思了，我們和警方在江州都查核到了相同的資訊，你手中的那枚鑽戒是李夢琪愛人在求婚時送給她的，不是你給她買的。你顯然在撒謊。何況李夢琪八年前結婚，七年前失蹤，她在失蹤之前都戴著這枚鑽戒，你怎麼可能跟她沒聯繫呢？」

田洋低頭不語，似乎不打算再回應魯南的任何質詢。

飄在半空的直覺緩緩落地。魯南掏出手機，給喬紹言打電話，讓她去跟吳涵會合。

看守所的教官將田洋帶離審訊室。張弢和焦志起身伸展手臂、抖抖腿放鬆，只有魯南繼續翻看案卷。有頁筆錄紙微微發皺，質地卻比前後幾頁都新。魯南抬頭問張弢道：「這是……」

張弢側過頭瞥了眼：「哦，這是我們在李夢琪丈夫那裡取到的筆錄。」

魯南略一思忖：「另一本卷呢？」

「另一本卷？」

「這是副卷吧，正卷呢？」

張弢一臉不解：「副卷的東西是最全的。你看的就是內部卷，還看什麼正卷？」

魯南輕輕敲了敲桌子，伸出手：「正卷拿來。」

焦志也一頭霧水，但還是從背包裡拿出正卷，遞給魯南。魯南急匆匆地翻開卷皮，查看卷宗目錄。

「找什麼呢？正卷裡有的這裡都有，正卷裡沒有的這裡也有。」

魯南頭都不抬：「你說對了，我就是想知道哪些是正卷裡沒有的。」

6

魯南在審訊室翻看案卷的時候，喬紹言正在總隊大院的集結現場，看吳涵向各隊刑警發布行動指示。陳曼和周碩的飛機落地時間、走私集團成員的匯集路線、抓捕行動的布局……真是個盡職的主管，疾惡如仇的好刑警。不過人未必只有一面。就像她自己，無論在工作上得到何種成績，也永遠不是喬紹廷和父親眼中的好姊姊、好女兒。

喬紹言整理著思緒，就看魯南拿著兩本案卷急匆匆地走向吳涵。吳涵正和刑警說話，魯南便站在一旁，等她講完。

喬紹言想著漱口水瓶口的ＤＮＡ——那無疑是栽贓，問題不過是經誰之手。還有徐慧文墜樓時，吳涵從樓梯上探出的半個身子。如果徐慧文打電話，就是想告訴她吳涵的身分呢？那殺人滅口就說得通了。江嘯不知道徐慧文，說不定陳曼也不知道吳涵。

喬紹言看著魯南四下張望打量，瞟著警車車窗，又繞到車前去查車牌。他似乎對其中一輛車格外有興趣，拉開沒上鎖的車門，站在駕駛座的側面，從車座上拿起什麼翻看。

魯南的餘光掃到駕駛座位側方的縫隙，他躬身伸手，掏出個什麼東西。從喬紹言的角度看不清楚，那似乎是把汽車鑰匙，魯南拿著它發愣。喬紹言又上前一步，看到了鑰匙上的ＢＭＷ車標。

殺人滅口，就是說得通。

她和魯南揪出徐慧文，成為計畫外的環節。徐慧文擔心被滅口，才急匆匆打電話給她，可徐慧文還是死了，因為有人擔心洩露祕密……這些猜測中有缺乏證據的環節，也許她應該公正一些，客觀一些，可這其中並沒有不符合邏輯的部分，何況現在證據也出現在眼前。

吳涵注意到魯南這邊的動靜，走到他身後，冷冷地盯著他：「你幹什麼呢？」

魯南晃晃手上的車鑰匙，同時回身指著那輛警車：「這是你帶我去商業大樓的時候開的那輛車吧？」

吳涵看清魯南手上車鑰匙的ＢＭＷ標誌，反問道：「這是徐慧文那輛紅色ＢＭＷ車的鑰匙嗎？」

「不知道啊，我在這輛車的座位下面找到的。」

「我也不知道，我只看到你手裡拿著它。」

漱口水栽贓的伎倆，要再來一次？喬紹言想著，走上前去：「我看到了，他就是在這輛車的座位下面找到的。」

吳涵回身瞟了喬紹言一眼，又回過頭看看魯南，依舊語氣冰冷地說：「整個行動馬上就要收網了，我勸你們兩個別自討沒趣。」

「怎麼，在南津，你以為就沒人管得了你？」有一隻手在操縱著什麼。喬紹言一直如此感覺。現在，她越發傾向於相信，那隻手屬於吳涵。

「我根本就沒見過這個車鑰匙。就算你有什麼想質詢我的，也等到……」

等到什麼？等到她再偽造些證據出來？喬紹言想笑。

漁翁得利。

看著喬紹言和吳涵，這句話在魯南的腦海中再次冒出頭來。他上前兩步，打圓場：「二位二位，先別急著吵。」

他對吳涵說：「喬隊是我叫來的，車鑰匙也確實是在駕駛座座位下面找到的。」

隨即，他又對喬紹言說：「吳隊說得也沒錯，她應該沒見過這把車鑰匙，是有人把它放進車裡的。」

「那是誰放的？」吳涵問。

喬紹言和吳涵都一臉困惑，對視。

魯南沒直接回答她，轉向喬紹言說：「喬隊，我有個很遺憾的消息得先告訴你。李夢琪應該早已遇害了。」

喬紹言一驚。

魯南繼續說道：「沒錯，田洋有個同案，但不是李夢琪。九年前吾悅廣場書報亭攤主看到和他在一起的那個女的，應該也只是在換匯地點牽線搭橋的掮客。」

喬紹言不解地看著魯南：「可九年前，李夢琪和田洋在紅星大院一起租房住啊。」

「對，但他們不是同居，而是鄰居。」

伴隨講述，魯南眼前的迷霧慢慢散去，碎片被串聯為完整的線，越發清晰。他看見田洋和他面目不清的夥伴，看見他們把裝著劉鳳君屍塊的編織袋放進一輛轎車的後車廂，看見打扮得花枝招展的李夢琪從轉彎處出現，和田洋打過招呼後走進樓門。他甚至看見李夢琪的婚禮現場，田洋的夥伴站在不起眼的角落，若有所思。

「李夢琪混跡風月場所幾年後，釣到金龜婿，算是從良了。我推測也正是因為她嫁入豪門，所以被眼紅的昔日鄰居所害。」

那雙手從李夢琪屍體上摘下她的首飾和手錶。那個身影拖著李夢琪的屍體往山路旁挪動。那輛拋屍用的轎車開過來停下，田洋急匆匆地下車，和那個人一起把李夢琪的屍體搬進後車廂。

喬紹言神色黯然，因為魯南的篤定：「是田洋殺了她？」

魯南沒直接回答喬紹言的問題，從案卷裡抽出李夢琪鑽戒的物證照片：「兩位，這是什麼？」

吳涵瞟了一眼：「我一開始以為是個戒指。」

喬紹言點頭：「在詢問李夢琪愛人之前，我也以為這是個戒指。」

「沒錯，它確實是個戒指，是李夢琪愛人求婚時送給她的鑽戒。婚禮上，李夢琪收到了一顆更大的，將近五克拉。她戴上婚戒後，也捨不得冷落這枚鑽戒，就把戒圈打磨細了，當鑽石耳環戴。包括我的同事剛去江州查核完的資訊，所有這些都只在副卷裡才有。換句話說，除了我們這些警檢法人員之外，只能調閱到正卷的外部人員不可能通過筆錄得知，對於李夢琪而言，這東西是個『耳環』。」

喬紹言和吳涵聽完，都不自覺地微微點頭。

「可就在幾小時前，有個人第一次對我提起這樣東西的時候，就說它是只『耳環』。」

吳涵和喬紹言愣了愣，同時明白過來。

吳涵說：「你的意思是，這個人只能看到正卷……」

喬紹言接話道：「那他之所以會認為這是只耳環，唯一的可能就是，他殺了李夢琪，並且把這枚鑽戒從李夢琪的耳朵上摘下來。」

五個小時之前，有個人對魯南道：「總之魯法官，田洋的錢包裡有李夢琪的耳環，李夢琪真的活著。」那是在黃湯拉麵館門口。

出租屋樓下，田洋的夥伴關上後車廂蓋，轉過臉來。那人戴著眼鏡，即便搬運裝屍體的編織袋也帶著無辜的神態。婚禮現場的燈光照亮他的臉，籌畫謀財害命的時候，他的笑容一樣怯生生的。他從李夢琪的屍體上扯下被打磨成耳環的鑽石戒指。

魯南看著喬紹言和吳涵，說出他最終的結論：「從江州，到南津……一直對田洋不離不棄的那個人，是冉森。」

綿羊的另外一面，他們都沒看到過。

譬如說宣判的時候，田洋站在被告人席，與辯護席的冉森對視。冉森是目光更堅決和無畏的那個。在他的視線中，田洋才慢慢平靜下來。

譬如說外貿公司的辦公室裡，耳環在錢包裡被發現的時候，田洋心虛地垂下目光，是因為幾公尺外冉森的逼視。之前看到樓下的警車時，冉森輕輕拍著田洋的背，向他講述應對的方法。

再譬如說此時，路邊的河溝旁，冉森面無表情，手裡拿著正在播放的微型ＭＰ３，裡面是徐慧文的聲音：「冉森，別以為我不知道你跟田洋怎麼回事。而且你倆來往的那些東西，田洋都捨不得丟，在外面偷偷找了個地方存著呢……」

冉森關上ＭＰ３，望著遠處想了想，把ＭＰ３丟進河溝，轉身離開。

第六章

1

和劉白的那次告別，魯南一直以為自己忘了。

當時是傍晚，下著雨，中級人民法院門口的地磚因吸水變成深色，濕漉漉映著路燈的黃光，轉彎處巷子裡的藍色燈牌，倒影同水窪裡的波紋一起蔓延。

魯南身穿便裝，半舊的眼鏡片沾了些水滴，手裡抱個不大不小的紙箱，從辦公樓往外走。他的箱子裡除了書、鍵盤、水杯，只有一盆茂盛的綠蘿。劉白穿著法官制服，跟在他身後，手裡拿了兩盆小小的仙人掌。

「別送了，又不是生離死別，今後不還在一個系統裡嗎？」魯南走到門口，回身望向劉白。

劉白一點都沒變，寸頭，單眼皮，臉圓圓的像只倉鼠，連脖頸處鈍鈍的弧度，都和六年前一模一樣。他口袋裡常年放著一支哮喘噴劑，以防偶爾的呼吸困難。這是雲南給他留下的唯一痕跡。

劉白矮，跟在魯南身後幾乎要小跑。他深吸口氣，回答魯南：「從法警隊到刑庭，搭夥這麼些年，你這傢伙怎麼說走就走了？」

說著，他嘆了口氣：「我還欠你條命呢。」

魯南笑了：「對啊，換制服這麼多年，文職工作風平浪靜，不需要我再保你了。」

劉白也笑開，抬手捶魯南的肩膀。

「常聯繫。」魯南朝他一揚下巴就要走。

「哎，魯南。」劉白忽然出聲叫他，路過的摩托車打轉向燈，照亮劉白的眉眼，「那天晚上……如果不能兩頭兼顧，你會怎麼辦？」

魯南想都沒想，就笑著說：「能怎麼辦？肯定扛著你去看醫生。」

「那嫌疑人呢？」

魯南聳肩：「隨便，聽長官指示。」

劉白笑著垂下目光，搖搖頭。

「怎麼，你不相信我？」

「不，我知道你絕對不會丟下我不管。」

「算你有良心……」魯南忽略劉白莫名的傷感，擠擠眼睛，不想氣氛變得沉重。

劉白把仙人掌放在紙箱最上面，為維持植物間的平衡，撥弄著綠蘿葉子，動作有些滑稽。他直視魯南的眼睛：「但我也不認為你會放過那兩個犯人。」

魯南原本正騰出手打車，動作微微一頓。他沒再說什麼，掂了掂抱著的箱子，朝劉白笑笑。

這是去傅東宏那裡報到之前。魯南真以為自己忘了。

2

冉森把MP3扔進河溝，走回車邊，滿心煩躁。

劉鳳君和李夢琪死了那麼多年，他們查這些陳芝麻爛穀子幹什麼呢？要不是缺錢，他當年能帶著田洋辛辛苦苦殺人分屍嗎？東躲西藏、偽造證據可不容易，現在好日子沒過幾天，又鬧出這麼大動靜。徐慧文也是蠢貨一個，居然想給員警通風報信，害得他只能再次冒險。總有人來添麻煩……他甚至覺得有些委屈，把野草想像成攔路者的腦袋，用鞋尖碾著。手機響起，是個陌生號碼。

冉森猶豫片刻，接通電話，喬紹言的聲音傳來：「冉律師？」

她來電話，是不是徐慧文說了什麼？冉森更為焦躁，拿出根菸，卻不點燃，食指和拇指用力捏著過濾嘴，裝出輕鬆的語調：「喬隊，您有什麼事？」

「哦，就是之前我拜託您幫忙查核一下斯塔瑞的那個女法務……」

「我回去查了，那個律師叫劉芬，現在應該是廣同律師事務所的合夥人，我還找到了她當年的名片。」冉森稍微鬆了口氣，掏出打火機，看來沒事。

「那太好了，能不能麻煩您把名片送來總隊這邊？也順便把您提供的資訊留個筆錄。」

「現在嗎？」徐慧文都死了，喬紹言還要查女法務，怪怪的。

「要是您方便的話。」

「好的，我馬上過去。」

掛上電話，冉森按下打火機，才發現香菸早就被自己捏斷。他發動車子，想著藉筆錄的機會探探虛實也好。

「他說馬上過來，應該是沒起疑。」刑偵總隊門口，喬紹言掛斷電話，看向吳涵和魯南。吳涵點頭，跟喬紹言對視又挪開眼神。冉森暴露，之前的互相懷疑就成為幼稚的賭氣，她覺得有點不好意思。

「收網行動分散在好幾個地點，我得馬上去現場，留下四個人協助拘傳他，應該夠。」吳涵摸摸鼻子，走向警車。

喬紹言向吳涵確認：「拘傳冉森？」

吳涵點頭：「我們還沒拿到實證，開拘留證有些勉強，先用拘傳的方式把人控制住。」

「那最多十二小時。十二小時裡，我們能蒐集到什麼證據？」

「警車和車鑰匙上都沒掃出他的指紋，應該是戴了手套。不過他在南津醫院偷走你用過的水杯，用來栽贓你，這部分醫院走道的監視器應該拍下了。」

「就算他用漱口水栽贓了我，又試圖拿車鑰匙陷害你，這能證明他殺人嗎？」

吳涵被問住，嘆了口氣。喬紹言的問題正中要害。推斷出冉森的凶手身分是一回事，將他歸案、定罪則是另一回事，這二者間的距離還頗為遙遠。

察覺到吳涵的疲憊，喬紹言竟上前一步，把手搭上吳涵的肩膀，還輕拍兩下。吳涵一僵，呼吸凝滯，然後又猛地放鬆下來。

她們像鬧完離婚又重歸於好的夫妻。魯南覺得有趣。

「那把凶器上的ＤＮＡ……」魯南開口，打斷破鏡重圓的戲碼。

「什麼？」喬紹言一愣。

「殺害並肢解劉鳳君的那把凶器上，不是有一個不明身分者的ＤＮＡ嗎？」

「不可能。」吳涵和喬紹言同時反駁。

「南津總隊對斯塔瑞所有員工的ＤＮＡ進行了排查，江州總隊對田洋所有的親友進行了DNA排查。二位，冉森應該屬於哪個部分？」

喬紹言和吳涵都不說話了。

冉森是斯塔瑞的法務，公司員工的DNA篩查歸吳涵管。可根據《律師法》，律師不得在企業任職，所以員工名冊和納稅證明裡都不會有他的名字。

田洋的親友是喬紹言他們篩查的，可冉森同樣不屬於親友行列。

這個結果在魯南的意料之內：「這不怪你們任何一方，冉森利用的正是這個盲區。而且從田洋被捕開始，他就一再強調自己斯塔瑞公司法務的身分，我認為他是故意的。」

夜色中沉默蔓延，魯南放慢語速：「那好，你們覺得他為什麼要故意規避DNA排查呢？」

喬紹言恍然大悟，看向吳涵，吳涵卻略過魯南的問題，跨上警車：「真要像你推測的那樣，不用兩個小時，我們就能拿到實證。」

待她說罷，四名刑警稍作商量，潛伏進警衛亭、停車場和辦公樓內。四人和魯南、喬紹言一起，等待冉森到來。

此時的冉森開著豐田轎車，離總隊不過兩三個街區，反方向的車道上四五輛警車飛馳。冉森暗暗吃驚，他不知道車裡是吳涵，甚至不確定這是否和田洋有關，但危險迫近的直覺，在他耳後三公分處輕輕一顫。

冉森掏出根菸，放緩車速，把電話撥給魯南。

「冉律師？」

「魯法官您好，您已經回到北京了嗎？」

魯南沉默了兩秒：「還沒有，我們主管這邊有些事給絆住了，我得等他一起走。怎麼了？有什麼事？」

「哦，我就是想問一下，您幫我交給總隊的那半瓶漱口水，從上面找沒找到對案件有幫助的線索呢？」很自然的提問，任何提交線索的良好公民都會忍不住想知道後續。

魯南無奈的笑聲傳來：「冉律師，我都跟你說過了，正在調查的案件資訊，我不可能向你透露。而且就你提的這個問題，我也確實不知道總隊的調查進展。如果警方真有什麼發現是涉及田洋這個案子的，我相信他們會通知你。」

魯南的話聽到一半，冉森就開始放慢車速，等魯南說完，他乾脆靠邊停下了車。

冉森已經懶得表演溫和無害。他面無表情地沉默數秒，聲音失去溫度，乾巴巴的：

「那您看，我可以告訴田洋的愛人說，那半瓶漱口水總隊已經作為物證收走了嗎？」

魯南愣了片刻，答道：「還是先不要跟她說了，等警方的通知吧。」

「那謝謝你，魯法官。」

冉森嘴角掛起冷笑，掛斷電話，直接將手機扔出車窗外。他從扶手箱裡拿出另一個手機，邊撥號邊駕車調頭，朝總隊的反方向開去。

刑偵總隊傳達室旁，喬紹言還望著來車的方向。魯南看著通話終止的提示，先是苦笑著聳了聳肩，而後乾脆吹了聲口哨：「不用等了，他發現自己暴露了，趕緊通知吳隊，準備追捕他。」

喬紹言困惑，望向魯南：「他怎麼就識破了呢？」

「因為這傢伙是個非常會提問的律師。按我們最後一次見面的情況，我現在應該在回北京的路上，甚至已經到北京了。」

「你回答的理由很充分。」

「然後，他又問我是不是可以把收物證的事告知徐慧文。」

「那又怎麼了？」

「這就很為難，一方面我知道徐慧文死了，另一方面我似乎不該向他透露未公布的任何案情。」

「我看你也敷衍過去了。」

「但是我回答他之前，遲疑了一下。」

「冉森會僅憑你回答晚了半秒就起疑嗎？」

「他早就起疑了，不然你以為他這個時候打給我是為了什麼？他是在證實自己的懷疑。」

喬紹言不甘：「我馬上跟吳隊說。不過我們也可以再等等，萬一……」

「沒有萬一，你還沒明白，徐慧文為什麼會在這時候死。」

喬紹言看著魯南。的確，她還沒搞清楚，如果是滅口，怎麼偏偏是剛才？

魯南深吸口氣，慢慢完成最後的拼圖。

「徐慧文擔心你起疑心，一路尾隨到電信大廈，又看到我們和冉森在一起……」

魯南回想著大廈門口匆匆離開的紅色ＢＭＷ。那時候，車裡的徐慧文一定非常驚恐。

「她意識到自己的身分遲早會暴露，恐怕還懷疑冉森會出賣她，所以她給你打電話，想把殺害李夢琪的凶手交出來。那個人就是冉森。」

魯南彷彿看見廢棄大樓三樓激烈的爭吵，徐慧文和冉森都氣急敗壞，而後冉森會發現徐慧文手上一直握著ＢＭＷ車鑰匙。他上前一把搶過鑰匙，就會發現鑰匙鏈的另一端，是個正在錄音的微型ＭＰ３。

冉森會反應過來，徐慧文為了自保要出賣他，而徐慧文想搶回ＭＰ３，扭打中被冉森從樓上推了下去。

冉森會趴在圍欄旁，看著黑漆漆的天井。這時喬紹言到達，冉森會一邊拆下鑰匙鏈上的ＭＰ３，一邊慌忙離開。

「之後，他看到我了……」魯南繼續說。

冉森戴著手套，從北門跑出去——只能是北門，因為那時的南門有魯南在。那麼冉森會看到停在門口的警車，會嚇一跳，但很快他會發現車裡沒人。而樓的另一側，魯南背對他，觀察著南門門口那輛紅色ＢＭＷ。

冉森會蹲下身，想跑。當然，很快他發現警車門沒上鎖，就會改變主意，把ＢＭＷ車鑰匙扔進警車再離開。

「其實我一直不太明白，冉森為什麼要試圖構陷我和吳隊呢？」

「為了保住田洋的命。冉森除了千方百計強化『存在李夢琪這麼個同案』的觀念外，其他的多餘動作都是為了盡可能把水攪渾。他知道局面越混亂，我們做覆核工作的顧慮就越多。」

魯南說著，看喬紹言已經撥通電話，便補充道：「哦對，你可以跟吳隊說，現在冉森不但有毀滅證據的可能，也有出逃的可能，符合《刑事訴訟法》的相關規定，可以開拘留證了。」

喬紹言點頭，對手機說：「吳隊，情況有變……」

飛馳的警車裡，吳涵接聽喬紹言的電話，神色如常：「不可能，這次的行動規模已經透支了我們所有抽調能力。讓那四個弟兄繼續留在總隊設伏，如果冉森到了，就扣下來。他要真跑了也沒辦法，等今天抓捕行動結束，我們再追。」

「跑了再追」，魯南不是第一次聽。當年在雲南，他收到了一模一樣的指示。

吳涵掛斷喬紹言的電話，接起另一通來電：「江嘯？你回工業新區了？」

江嘯開著那輛野馬謝爾比ＧＴ５００，這輛通體黑色的雙門跑車，讓江嘯覺得自己正處於《GTA》或者《極速快感》的遊戲世界，熱血沸騰：「我正從東疆港往那邊去，大概還有十幾分鐘就到。幾個地點都布置好了。」

「其實你不用在場，別太趕。」

江嘯樂了。他踩下油門，享受猛然加速所帶來的推背感：「那不行，憋屈這麼久，就為了今天一鍋端，我怎麼都得參與一把。您跟現場監控的弟兄們知會一聲，等一下別把我當賊一塊兒抓了就行。」

「你這傢伙……」吳涵掛斷電話，哭笑不得。

江嘯剛放下手機，鈴聲又響了。

「喂？哪位……冉律師？」

江嘯接起電話的同一時間，南津刑偵總隊院門口，魯南和傅東宏已經坐上計程車，跟喬紹言告別。

「如果方便的話，等到了津港，替我跟紹廷說，我還是想去看看他和爸。」

「沒問題，放心吧，我保證他這回的態度會不一樣。」

此時的他們都以為，交通監控很快會篩到冉森的車，他會很快落網，再掀不起什麼風浪。

3

計程車上，傅東宏靠在座椅上，如釋重負：「這田洋和冉森也真行，一個打死不招，另一個拚了命地去保。」

魯南也該感到輕鬆，可不知是被吳涵還是江嘯傳染，他翻看著案卷的影印件，滿心止不住的焦慮。面對傅東宏的提問，他眼都沒抬，有一搭沒一搭地解釋：「這一定是田洋即將被捕時，冉森就幫他設計好的。如果被篩查出是劉鳳君案的嫌疑人，就把同案往李夢琪身上栽，甚至堅稱李夢琪才是主謀。只要李夢琪的屍體還沒被發現，田洋就很可能不會被判死刑。就算判了，我們最高院也有很大機率不予核准。」

傅東宏望著車窗外，漫不經心地點頭。案子好不容易成為完成式，還馬上要變成過去式，比起認認真真分析案情，他更願意把現在的對話當作放鬆的閒談。

魯南繼續說下去：「但沒想到總隊為了誘使陳曼早日返回南津，聯合檢法機關速審速判，在這個罪犯和執法人員角力的過程中，冉森慌了。他也許是在努力幫田洋保命，但我猜他也沒把握田洋會不會突然坦白，在臨刑前一刻換條活路，所以冉森更是在保護自己。」

「至少田洋到現在還沒招，他倆也算真感情了。」傅東宏打了個小小的哈欠。

魯南抬起頭：「傅庭，田洋身上為什麼會有李夢琪的那個戒指？」

傅東宏不以為然：「很多凶手都有拿被害人遺物當紀念品的習慣，我們覆核過的案子裡，不是沒有過這類變態。」

「不，我的意思是說，他留下被害人的遺物不奇怪，但被害人不止李夢琪一個人，至少還有劉鳳君。我翻遍了物證清單，從田洋的家裡、工作地點、車上，都沒發現劉鳳君的遺物。」

傅東宏攤手，坐直了一些，魯南認真的語氣讓他感覺事情還沒結束：「這……九年了，搞不好他弄丟了？」

「而且，從江州到南津，這麼長時間，警方在整個搜查過程中都沒有發現有關田洋和冉森關係的任何物證。田洋買瓶眼霜送冉森還要附卡片，冉森要是回送田洋禮物……總該有什麼東西。」

傅東宏跟不上魯南的思路：「可能男人之間……不太講究這些？」

魯南自言自語，繼續嘀咕：「不對，田洋一定保留了一些東西，劉鳳君的遺物，以及他跟冉森之間的……只是不知道藏到哪裡了……」

根據馬斯洛需求層次，私密性和安全性是存放「戰利品」的首要考慮。在這兩點滿足之後，犯罪分子還會追求一定的自我實現、心理滿足……魯南想著案卷，想著田洋的樣子，最後，他想起工業新區的保安監控室，江嘯和他一起望向窗外，那裡停著一輛黑色雙門跑車。

「那車是陳曼送田洋的生日禮物。」

「他大概跟你一樣愛死那車了，雖然不開出去，但每個月都會過來看看……」

謝爾比GT500……魯南恍然大悟，一拍計程車的防護欄：「師傅，靠邊停車！」

「哎？怎麼了？」傅東宏完全搞不清狀況。

魯南掏出手機，一隻腳跨出車門：「我們都遺漏了線索，我得趕緊通知吳隊。傅庭，我們車站見。」

說完，魯南關上車門，攔下另一輛計程車。

「各隊注意，十分鐘後開始行動。」工業新區附近的指揮車裡，吳涵拿著對講機，周遭都是穿梭忙碌的刑警。

她接通響鈴的手機，魯南劈頭就問：「江嘯在哪裡？」

「他在從東疆港來工業新區的路上，應該很快就到。問這個幹嘛？」

「江嘯開的那輛謝爾比是陳曼送給田洋的，田洋雖然從沒開過那輛車，但很可能拿它當移動保險箱。車上應該有關鍵物證，和劉鳳君、李夢琪的死，以及他和冉森的關係有關的物證。」

「明白了，回頭我們會好好搜查一下那輛車。我這邊正忙，先不說了……」吳涵說著就要掛斷電話，她身邊有三名刑警在等她下行動指示，這三人還分屬不同的行動小組。

「等等，吳隊！如果那車上藏著的東西能給冉森定罪或坐實他和田洋的關係，冉森在出逃之前很可能會去找那輛車。江嘯和冉森認識嗎？」

「陳曼集團的人大多不認識他，但江嘯和盧星這個級別的知道他是誰，畢竟他是斯塔瑞的法務。」

「那江嘯知道我們現在要抓冉森嗎？」

「不知道，這本來就不是他的案子，現在這個節骨眼上，我也沒騰出工夫跟他說……」

吳涵一開始語速飛快，只想早些答完魯南，可說著說著，她臉色變了。

與此同時，旁邊的一名刑警朝吳涵做了個飛機降落的手勢。

吳涵朝刑警點頭，對魯南說：「我立刻通知江嘯。你趕緊打電話，讓喬隊想辦法提供增援。」

計程車裡，魯南掛上電話，邊繼續撥號邊問司機：「從東疆港去工業新區走哪條路？」

「新東高架。」

「我們去新東高架。」

喬紹言急匆匆跑出總隊辦公樓，氣喘吁吁，接起電話：「如果那車裡真的有什麼，冉森不會早去取走嗎？非要在這時候冒險？」

「因為他之前並不知道。我擔心徐慧文在遇害前把這部分資訊透露給冉森了。」

正說著，警車停在喬紹言身旁，她坐上副駕駛座：「知道了，新東高架。」

警車駛出總隊。

4

新東高架公路緩衝區，那輛謝爾比停在路旁，豐田轎車在它側後。江嘯雙手插進口袋，看著謝爾比的雙排氣管和ＬＥＤ燈，暗暗感慨工業設計的神奇。冉森也雙手插袋，看著江嘯的影子在路燈下拖長，暗暗握緊牛仔褲口袋裡的摺疊軍刀——他希望這個人識趣一點，別又得讓他動手，很麻煩。

江嘯朝他打個招呼：「什麼事這麼急啊，冉律師？」

「不好意思江總，田總之前對幾所學校有過捐贈，相關的檔案他落在這車裡了，我看能不能找出來提交給法院……雖說我也不知道能不能對他有交代吧。」

江嘯無奈笑笑，一指車門：「那你快點，我趕時間。」

到目前還算順利，冉森想。可江嘯手機響了，他瞥了眼螢幕，走開幾步，到豐田車旁才接通電話，還壓低了聲音。冉森邊在車裡翻找，邊注意著江嘯的動靜。

「吳隊？我這裡稍微耽誤一下，馬上就……」

「你開的那輛車上可能有重要物證。」

「重要物證？什麼物證？」

「現在沒時間解釋，而且冉森有可能找上你。」

江嘯一愣，看向車座旁躲身的人影：「冉森他正跟我在一起呢。他說要來車裡找什麼捐款的證明……」

冉森從駕駛座的座位下面拉出個鐵盒，偷瞄江嘯。通話內容聽不清楚，但江嘯不太對勁，他看到冉森往這邊瞟，沒走近，還安撫地笑笑，背過了身。

「別聽他胡說！冉森是田洋的同案，立刻拿下他！」

江嘯臉色變了：「明白。」

江嘯掛上電話，一手去摸腰裡的槍，打算突襲。可沒等他轉身，一把刀就刺進他的脖子。不知何時，冉森已經到了他的身後。江嘯悶哼一聲，一手按住頸窩，不讓冉森拔刀，另一手按住腰間，不讓冉森搶槍。最後，他蓄起全身的力氣，一腳踹向冉森的小腹。

就是在這時，魯南乘坐的計程車從高架路上駛過。

他看到緩衝區停著江嘯和冉森的車，也看到江嘯受傷、踹向冉森，立刻大喊：「師傅停車！快停車！」

司機愣住：「蛤？這高架道路上不能停車！」

說話間，計程車開過緩衝區。魯南掏出證件，用力敲車上的駕駛員防護欄：「法院辦案！停車！」

計程車打著雙閃，停在緊急停車帶上。

魯南下車就往回跑。迎面，冉森開著那輛謝爾比轉出緩衝帶，衝上高架橋。隔著車玻璃，冉森和魯南對視一眼，但兩人都顧不上對方。

江嘯倒在地上，刀還插在頸窩處，血流不止。江嘯似乎想努力把刀拔出來，魯南制止他，脫下外套，裹在傷口處止血。江嘯的手機就掉在一旁，上面還沾著血，魯南撿起來收進口袋裡。

喬紹言乘坐的警車到了，她衝下車。魯南一指新東高架的方向，給她報了車牌車型，喬紹言立刻回頭對開車的刑警重複一遍，從車裡拿了部手持無線電，關上車門跑向魯南。刑警開著警車追了出去。

江嘯的腦袋歪向一邊，像當年在雲南時的劉白。就是這個瞬間，多年來頭一次，魯南感覺全身的肌肉猛地緊繃起來，執念重新回到體內。

機艙內，安全帶的指示燈亮起，陳曼蓋上筆電，輕輕一拍睡著的周碩。斜後方的座位上，南津總隊的便衣刑警，也就是那個半長頭髮的小夥子，嚴密監視著他兩人的舉動。

南津機場停機坪的擺渡車內，全副武裝的十幾名刑警待命，其中一名隊長看著客機正沿跑道滑行向擺渡車的位置，向對講機說：「目標已降落，正滑行至停靠位置。」

工業新區附近刑偵總隊指揮車內，吳涵放下對講機，對刑警說：「三分鐘。」

刑警拿起對講機：「各隊注意，倒數三分鐘。」

說完，刑警問吳涵：「各隊回報，陳曼手下的大小頭目都已經聚齊了，其實我們現在就可以抓捕。」

吳涵略一思考：「在陳曼和周碩被控制之前，先別動手。民航客機上有很多乘客，我不想發生任何意外。」

另一名刑警摘下耳機遞給吳涵：「吳隊，備勤的頻段，是喬隊。」

吳涵一驚，忙接過耳機。

魯南開著那輛豐田。喬紹言讓受傷的江嘯平躺在後座，正拚命用外套按住江嘯脖子上的傷口，同時對對講機喊話。

「臥底警員被冉森襲擊了，傷得很重。冉森開著那輛謝爾比正沿新東高架出逃，你們的刑警開車跟上去了。」

「什麼是『傷得很重』？！到底怎麼樣了？快叫救護車！」

「刀刺進頸窩，有可能傷到動脈，還不清楚動脈破損程度，但人是清醒的。來不及叫救護車，魯南正開車帶我們去最近的醫院。」

魯南一手把著方向盤，另一手用手機查詢最近的醫院。搜到路線後，他立刻從出口駛離新東高架。

指揮車內，吳涵聽著無線電裡的刑警彙報：「吳隊，我跟上冉森了。」

「在有民用車輛的路段，不要強行貼靠，盯住就好，等待增援。」

她身旁的刑警在通訊頻道裡對各抓捕小隊通報：「兩分鐘。」

5

新東高架道路車流不算密集，冉森從後照鏡裡瞟向跟隨的警車，又從後照鏡裡看看其他車輛，最後抬頭一瞥遠處路牌的提示——「前方兩百公尺，津薊國道出口」。

冉森冷笑，突然加速，又猛地減速，一打方向盤，直接從最內側的快車道衝向外側的津薊國道出口。

外側車道上有四五輛民用車，它們根本來不及避讓，原本豎列行進的車流頓時七零八落。離冉森最近的轎車猛地剎車，被後車追撞，另幾輛車擦撞在一起，一輛大卡車衝出路肩。一連串刺耳的撞擊聲後，警車顧及其他民用車輛的安全，不敢強行變道，只能開過出口再靠邊停車。

「吳隊，目標車輛強行變道，從津薊出口離開了新東高架，並引發連續追撞事故。我這邊跟丟了。」刑警彙報道。

無線電裡沉默片刻，吳涵下令：「通知交通隊，你留下救助受傷人員，如果有需要通知消防和急救，等待增援。」

喬紹言聽著無線電，瞟了眼魯南。魯南毫無反應，繼續開車，不時看眼導航。

江嘯努力起身，將腰間的手槍遞向魯南，啞著嗓子：「這槍……沒證照。」

喬紹言大驚：「你別亂動！」

魯南格外平靜，從倒車鏡裡看了他一眼，接過槍，放在副駕。

江嘯吐字艱難：「別讓他跑了……」

喬紹言急了：「你別再說話，閉嘴！」

魯南從口袋裡掏出江嘯的手機，在衣服上抹了抹上面沾的血，打開通話紀錄，選定號碼，把手機螢幕往後舉：「這是冉森打給你的？」

江嘯喘著氣：「對……」

喬紹言大吼：「魯南！你別再讓他……」

魯南確認導航資訊，右手向後伸，打斷喬紹言：「無線電給我。」

猶豫片刻，喬紹言安靜下來，把無線電塞給魯南。

魯南按下通話鍵：「吳隊，我是魯南。我們離最近的醫院還有幾分鐘車程，中間正好要走一段津薊國道，如果需要的話，我可以跟上去。」

「你們不需要跟任何人！快送江嘯去醫院搶救！」吳涵又急又氣。

「我就是在轉達江嘯的意願給你。」魯南聲音平穩，像沒有漣漪的水。

「吳隊，目標下飛機了，各隊都已經就位。」無線電那頭，刑警向吳涵彙報。

魯南能想像吳涵此刻的糾結：「吳隊，你的人，你的案子，你的行動，你選。」

吳涵按下通話鍵，堅定地說道：「我不用選，送江嘯去醫院！」

和當年一樣。

魯南行駛在通往津薊國道的匝道，往下一望，冉森那輛謝爾比正從空蕩蕩的國道上駛過。魯南又瞥了眼導航，沿國道行駛一段後，從立垈出口出去就到醫院，八點三公里的路程，估算行駛時間四分四十秒。

魯南按下通話鍵：「吳隊，你是個好主管……」

停一秒後，他繼續說：「不過沒錯，你不用選。」

「什麼？」

「小孩子才做選擇。」

說罷，魯南放下對講機，關閉車燈，拿起副駕座椅上的手槍，駕車順著匝道直衝而下。

劉白當時怎麼說的來著？魯南想起來了。

「你不會放過那兩個犯人。」

國道上只有他一輛車，望不到頭，冉森緩了口氣，打開副駕放著的鐵盒。

除了劉鳳君的手串，裡面大多數東西都是他和田洋的。往日的合照、禮物——手錶、鋼筆、袖扣，還有附帶的祝福卡。冉森拿起一張合照，那是在樹林還是海邊呢？背景根本看不清楚，黑漆漆的，冉森舉著相機自拍，照片的三分之一都是他的手臂，田洋叉腰，站在幾公尺外。

此刻最好的結果是什麼？自己單獨逃脫？田洋脫罪看來是不可能了，不過他很確定那幫員警追不上來，還有那個該死的法官……只要在下個出口下高架橋……冉森有些出神。

冉森嚇了一跳，看著螢幕躊躇。他又看向後照鏡和倒車鏡，再次確認自己沒被跟蹤，正在這時，手機響了。

便接通電話。是魯南。

「冉森，給你一分鐘時間停車歸案，我會嘗試跟總隊說你是自首的。」

「魯法官，就一分鐘，不夠你曉以大義吧？」冉森笑了。

「你把我們的人傷得很重，必須趕緊搶救，不是我給你一分鐘，是你只給自己留了一分鐘。」

冉森笑得更狂妄了：「算我自首？然後呢，能饒我不死？還是說只要我把劉鳳君和李夢琪兩條人命都認下來，你們就放過田洋？」

「別白費口舌了，你跑不掉的。」

「你們這些衙門口的太瞧不起律師了。別忘了，我也懂警方的工作流程、監控方法、偵查技巧……」冉森越發猖狂。去掉戰戰兢兢的偽裝，腎上腺素在飆升，他甚至懶得談判。

魯南打斷他：「你做不到。真正有這方面能力的律師我大概認識一個，你還差得遠。」

即便在如此危急的情形下，說出這句話時，那個擦拭酒杯的身影仍舊在魯南腦海中一閃而過。

「算了吧，我跟你說，魯法官……」出口不到兩百公尺。

「時間到了。」

冉森一愣。

「可惜了……」

冉森琢磨著魯南的話，不再那麼篤定：「怎麼，威脅不成，又打算來語重心長那套……」

魯南聲音平穩：「我可惜的不是你，是這輛車，我還真喜歡車屁股上的這個眼鏡蛇標。」

冉森臉色變了，他再次抬頭看倒車鏡，又去看後照鏡，卻沒看到有任何車跟著。那輛豐田關閉車燈，車頭緊貼在冉森那輛車右後車門的位置，在後照鏡和倒車鏡的視覺盲區內，如影子般跟隨它，斜向並排行駛。

糟糕的、危險的直覺，再次輕輕一顫，有什麼東西斷開的細微聲音，在冉森腦中迴響。他明白過來，向右後方扭頭，驚恐地看到那輛豐田車緊緊跟隨在斜後方。魯南降下駕駛座的車窗，冷冷地望著他。在冉森的注視下，魯南左手舉槍伸出車窗。

喬紹言看了眼魯南持槍的方向，又看了眼儀錶板上的手機導航。

一百五十公尺，從立垈出口駛離津薊國道。

冉森轉回頭，一腳把油門踩到底，轉速表立刻跳上七千。

魯南放低槍口，對謝爾比的右後輪連開數槍，自己也踩下剎車，右打方向盤。在冉森那輛車爆胎掛上隔離柵欄的時候，豐田轎車亮起車燈，從立垈出口駛離國道。

在這一切發生的同時，吳涵拿著槍，率領一眾刑警離開指揮車，衝進工業新區。

東疆港、北塢，刑警衝進碼頭的貨倉。

機場，陳曼和周碩剛走下扶梯，一眾刑警便衝出擺渡車圍捕陳曼。周碩想有所動作，他身後那名便衣立刻將他撲倒。

豐田車內，喬紹言從後車窗看著冉森的車翻滾撞毀，再回頭看向魯南。

魯南把槍放回副駕駛座，拿起無線電，按下通話鍵，一臉平靜：「吳隊，我是魯南。冉森的車在津薊國道西向東立垈出口處翻覆，儘快派增援到場吧。如果可能，封一下路，避免有民用車輛經過時發生事故。」

片刻之後，吳涵的回話傳來：「需要叫救護車嗎？」

「叫不叫的，不重要了。」

「江嘯呢？」

魯南瞥了眼倒車鏡，喬紹言朝他點頭。

「他能撐住，我們到醫院了。」

豐田車衝進醫院的救護車通道。執念的感覺，也沒那麼差。

6

手術室門外走道，喬紹言走出衛生間，甩著手上的水，走到魯南身旁。魯南坐在走道的長椅上，面無表情。手術室的門開著，幾名刑警站在門口，其中一個剛給魯南做完筆錄，魯南正在筆錄上簽字。

簽完字，他拍了拍喬紹言：「已經脫離危險了，幸虧有你在。醫生說，雖然只是動脈上破了個小口，但足以讓他在幾分鐘內掛掉，是你一直按在正確的位置上。」

喬紹言長出口氣，沒說話。

魯南站起身：「幫我跟吳隊打個招呼，先走了，傅庭還在等我，再晚我到北京就趕不上車了。」

喬紹言點頭，沒再說什麼。周遭的事物好像都隔著一層玻璃，她還沒緩過神來。

魯南起身走出幾步，又回過頭問：「對了，喬隊，你為什麼……我是說，你這次來南津，確實不是公派。你對這案子好像格外有執念。」

喬紹言沒想到魯南還惦念著這個，愣了愣。自己為什麼來南津來著？

「那孩子是服刑人員子女……」剛開始說話的時候，她感覺自己的聲音好像來自很遠的地方。

她想起好多年前，在江州派出所的審訊室外。那時候她還是派出所的民警，少女時代的李夢琪和收容機構的工作人員一起，就在走道裡坐著。那是張稚氣未脫的臉，卻化了不合適的濃妝，打著唇釘和鼻環。那個喬紹言嘆了口氣，走向李夢琪。

「他們成長的道路，往往比同齡人更坎坷……」

是在被警察突襲檢查的歌廳裡，十幾個陪酒小姐蹲在走廊的牆邊。喬紹言從旁邊走過，看到李夢琪就在其中。她蹲下身，李夢琪抬起頭看到她後，又垂下目光。

「我盼著她能找到自己的歸宿……」

幾年之後，她開著警車，把李夢琪送到戒毒所。那時候的李夢琪太瘦了，下車的時候好像風一吹就能倒。喬紹言把行李遞過去，李夢琪紅著眼圈，抱了她一下。她還能想起李夢琪肩胛骨的觸覺。

「沒錯，我希望她還活著……」

婚禮現場，穿著婚紗的李夢琪要化妝，要拍合照，要藏起鞋子，還不忘把婚禮現場的自拍發給喬紹言看。

喬紹言收到照片的時候，身在國外的家。她記得自己欣慰地笑了。

「我只想她能好好活下去。」

江州市刑偵總隊，空無一人的會議室裡，桌上的案卷資料堆積如山。喬紹言獨自坐在會議桌旁，看著田洋案的資料。「失蹤人員李夢琪」案卷裡這麼寫道。她拿出李夢琪的照片，夾在筆記本裡——正是給冉森看的那張。

魯南靜靜地看著喬紹言，看著她眼眶盈滿淚水。他沒再說話，卻想好了一會兒要把電話撥給誰。

北京火車站的出站口難得沒什麼人，魯南拎著公事包，撥通電話。

「魯法官，又怎麼了？」那邊的聲音帶著點笑意，還有一點警惕，魯南也說不清哪個成分更多。

「首先，我告訴你一聲，那兩個人已經歸案了。再就是，看在我今天當過幾分鐘你姊夫的份上，有兩件事不知該不該說。」他在醫院走廊就想好了，這個電話，是要打給喬紹廷的。

電話那頭的聲音變得不冷不熱：「那你還是別說了。」

「你們這姊弟倆……好吧，我只說一件。你對你姊夫有什麼瞭解？」

「我記得他好像是什麼新聞出版署的翻譯。怎麼了？」

「呃，我看過你姊和她所有親屬的人事檔案，你姊夫是國際關係學院畢業的。」

「哦？」

「九年前，你姊夫被派到海外工作了兩年，由於某些特殊情況，你姊需要陪同他一起生活，而且最好不是以在編警員的身分。你是聰明人，應該能想明白這是怎麼回事。」

「你是想說，我姊是為了顧全大局，才從這個家裡消失的嗎？」

「顧全大局是一方面，另一方面，我相信她也是為了保護家人，而且她不能說原因。好了，我說完了。」

通話時間兩分三十五秒，魯南感覺一身輕鬆。他正要掛斷電話，喬紹廷突然叫住他。

「等等，魯法官！」

「怎麼了？」

「你不是說有兩件事嗎？第二件是什麼？」

魯南微微一笑：「她很掛念你。」

津港火車站出站口，方媛靠在車旁站著，看魯南出站，朝自己走來。

「都說了你不用特意來接我。」魯南笑著。

「我只想確認下你真的沒用任意門……高鐵是不是比飛機舒服多了？」

魯南拉開後車門，把手提包扔進去，又關上車門：「商務艙還是很不錯的。」

方媛瞪大眼睛：「院裡還給你報銷商務艙？」

「做夢吧你，當然是自費，最近的班次只剩商務艙了。我開車吧。」

「一天就打個來回，庭長那邊你過關了？」

魯南繞過車頭，走向駕駛座一側：「我在回去的路上寫了一份二十多頁的書面報告，不但交給了庭長，院裡也拿到了。」

「這麼看來，他們都願意挺你？」

「我可不敢自作多情，他們挺的是這個案子。」

「對了，昨天下午你在南津折騰半天，到底是什麼事？」

魯南掛擋開車，駛離路旁：「張弢和焦志那邊的案子有點變故，傅庭讓我過去幫幫忙。」

「有變故？嚴重嗎？」

「沒什麼，小事一樁。」

【Mystery World】MY0032

盲區

劇 本 原 著❖指紋
小 說 改 編❖施一凡
封 面 設 計❖之一設計
內 頁 排 版❖HAMI
總　編　輯❖郭寶秀
編　　　輯❖江品萱
協 力 編 輯❖郭淳與
行　　　銷❖力宏勳

事業群總經理❖謝至平
發　行　人❖何飛鵬
出　　　版❖馬可孛羅文化
台北市南港區昆陽街16號4樓
電話：(886)2-25000888
發　　　行❖英屬蓋曼群島商家庭傳媒股份有限公司城邦分公司
台北市南港區昆陽街16號8樓
客服服務專線：(886)2-25007718；25007719
24小時傳真專線：(886)2-25001990；25001991
服務時間：週一至週五9:00～12:00；13:00～17:00
劃撥帳號：19863813　戶名：書虫股份有限公司
讀者服務信箱：service@readingclub.com.tw
香港發行所城邦（香港）出版集團有限公司
香港九龍土瓜灣土瓜灣道86號順聯工業大廈6樓A室
電話：(852)25086231　傳真：(852)25789337
E-mail：hkcite@biznetvigator.com
馬新發行所城邦（馬新）出版集團【Cite (M) Sdn. Bhd.(458372U)】
41, Jalan Radin Anum, Bandar Baru Seri Petaling,
57000 Kuala Lumpur, Malaysia
電話：(603)90563833　傳真：(603)90576622
E-mail：services@cite.my
輸 出 印 刷❖前進彩藝股份有限公司
初 版 一 刷❖2024年12月
定　　　價❖350元
定　　　價❖245元（電子書）

國家圖書館出版品預行編目(CIP)資料

盲區 / 指紋著；施一凡改編. -- 初版. -- 臺北市：馬可孛羅文化出版：英屬蓋曼群島商家庭傳媒股份有限公司城邦分公司發行, 2024.12
面；　公分. --（Mystery world ; MY0032）
ISBN 978-626-7520-38-3（平裝）

857.81　　113017203

ISBN：978-626-7520-38-3（平裝）
EISBN：978-626-7520-36-9 (EPUB)

城邦讀書花園
www.cite.com.tw